D0051980

NO LONGER PROPERTY OF
SEATTLE PUBLIC LIBRARY

RECEIVED
MAR 27 2014
SOUTH PARK

LAS MUJERES MATAN MEJOR

OMAR NIETO

Las mujeres matan mejor

Esta novela fue finalista en el I Premio Letras Nuevas 2012

Diseño de portada: Marco Xolio
Fotografía de portada: Katalinks
Mapa de interior: Adolfo Flores

© 2013, Omar Nieto

Derechos reservados

© 2013, Editorial Planeta Mexicana, S.A. de C.V.
Bajo el sello editorial JOAQUÍN MORTIZ M.R.
Avenida Presidente Masarik núm. 111, 2o. piso
Colonia Chapultepec Morales
C.P. 11570, México, D.F.
www.editorialplaneta.com.mx

Primera edición: febrero de 2013
ISBN: 978-607-07-1509-9

No se permite la reproducción total o parcial de este libro ni su incorporación a un sistema informático, ni su transmisión en cualquier forma o por cualquier medio, sea éste electrónico, mecánico, por fotocopia, por grabación u otros métodos, sin el permiso previo y por escrito de los titulares del *copyright*.
La infracción de los derechos mencionados puede ser constitutiva de delito contra la propiedad intelectual (Arts. 229 y siguientes de la Ley Federal de Derechos de Autor y Arts. 424 y siguientes del Código Penal).

Esta obra hace referencia a personas reales, acontecimientos, documentos, lugares, organizaciones y empresas cuyos nombres han sido utilizados solamente para darle sentido de autenticidad y son usados dentro del mundo de la ficción. Algunos personajes, situaciones y diálogos han sido creados por la imaginación del autor y no deben ser interpretados como verdaderos.

Impreso en los talleres de Litográfica Ingramex, S.A. de C.V.
Centeno núm. 162, colonia Granjas Esmeralda, México, D.F.
Impreso y hecho en México – *Printed and made in Mexico*

Es difícil escribir un paraíso, cuando todas las indicaciones superficiales hacen pensar que debe escribirse un Apocalipsis.

Ezra Pound

Los soldados y los matones compartieron instrucciones e imitan mutuamente destrezas y mañas. También las formas eficaces para doblegar con el castigo.

Roberto Zamarripa en el prólogo a *Confesión de un sicario* de Juan Carlos Reyna

Esta historia es ficticia. No representa a nadie en especial.

0

Dicen que las mujeres matan mejor. Yo no sé si eso es verdad. No creo que en este negocio ninguna de nosotras esté pensando en ser más cabrona que la otra, solo por hacerse la chingona. Esa sí es una diferencia entre ustedes los hombres y nosotras las mujeres. De cualquier manera, sí, lo confieso, yo misma le apunté a las caras. Traía una Colt. Los hijos de puta ya me habían dado teléfonos, carteras y reproductores de música. Le dije a Sandra: Listo, ya estuvo, pero le encabronó que el puto chofer de mierda nos dijera *pinches viejas*. Pinche tu puta madre. Sandra le apuntó a la cabeza. Y no falló.

0A

Dicen que las mujeres matan mejor. En este negocio, algunos empiezan a saberlo. Y los que no lo saben, se comienzan a enterar.

1

El mierda de Jorge Sánchez Zamudio era reportero. Y él sabía todo. No nos hagamos pendejos, él dio con nosotras porque los Hernández le dijeron dónde estábamos. El hijo de puta publicaba información para ellos desde hacía tiempo. Le decían dónde iban a aventar a los muertos y él lo daba a conocer en exclusiva. Cuando querían amedrentar a algunos empresarios o políticos rivales, le pasaban datos sobre las transas y negocios sucios en los que andaban. Sánchez Zamudio lo publicaba en señal de advertencia para que los enemigos de los Hernández le fueran midiendo el agua a los camotes. Claro, la siguiente acción no era una nota en el periódico, sino un levantón o una rafagueada en pleno restaurante o camioneta del objetivo rival. Me consta. Estoy segura de que Jorge Sánchez Zamudio comenzó a publicar cosas de nosotras para que nos fuéramos enterando de que los Hernández nos tenían bien seguida la pista. A mí me conocía muy bien, sabía mi historia. No nos hagamos pendejos: los periodistas también están metidos en esta mierda. ¿Paladines de la justicia? Hijos de puta. Cualquiera sabe que los periodistas son escoria. De dónde un reportero podía andar con carro del año con los mugres quinientos dólares que les pagan en sus periódicos. Fue él quien nos delató. Pero a mí no me van a limitar. Pinche Jorge Sánchez Zamudio, me la vas a pagar.

2

Él fue quien publicó lo de los asaltos. Trabajábamos en lo que fuera para juntar lana y desaparecer. Yo venía del desmadre de Quintana Roo y Sandra del de Michoacán. Sánchez Zamudio difundió nuestra descripción en su periódico: se buscan dos mujeres, una mucho más alta que la otra. Según su noticia, en el asalto el encargado nos dijo: «Una mujer no debería andar en esto…» ¿Y de dónde un periodista conocía ese detalle? Simple. Los policías le estaban pasando información de forma directa. ¿Y por qué? Pues porque todo mundo trabaja para los Hernández, incluidos los azules. Sí, los azules, los policías de mierda, pinches puercos, pitufos escorias de la humanidad. Sin embargo, fue cierto. A Sandra le encabronó otra vez eso de que estábamos muy bonitas para andar con pistola en mano. Entonces no fue ella quien disparó, sino yo. No soporto que un cabrón me vea como si tuviera los ojos en la tetas. Es que entiéndeme, mi rey, no me partí la madre en la Policía, luego en el Ejército, y sobre todo allá, en lo de Quintana Roo, para que un pendejo me venga con que las viejas no debemos andar en esto. Por eso disparé y no me arrepiento. Nosotras también sabemos hacer nuestro trabajo. Además para eso me entrenaron, ¿no? Pues ahora se chingan, mi rey.

3

Siempre he cargado una Colt 9 mm. Sí, un poco pesada para una mujer, pero esa misma usaba en la Policía local de San Nicolás de los Garza, Nuevo León. Ya sabes, al alcalde se le hizo muy chingón reclutar a mujeres y nos agarró a las más muertas de hambre del municipio. El requisito era que tuviéramos «algún conocimiento de armas». Yo no lo pensé ni un momento, me habían matado a Ramón ahí mismo en San Nicolás y yo conocía a los comandantes. Él mismo me enseñó a disparar. A varios de aquellos jefes se les iban los ojos conmigo desde que Ramón subió a sargento y me llevó a la comandancia. Sobre todo al presidente municipal. Cuando mataron a Ramón, el alcalde no tardó en invitarme a entrar a la corporación y yo tampoco lo dudé. Todas las que ingresamos aquella vez teníamos ya esposos, novios o hermanos metidos en la Policía o con los *malos*, además varias tenían hijos que mantener. Sabíamos que nos hostigarían y que usarían aquello de la boleta de arresto de cuatro o cinco días sin que varias pudieran ver a sus niños, hasta que nos acostáramos con los comandantes. Pero ni modo, cuando ya estás adentro, ya no hay para dónde hacerse. A mí me terminó apañando el presidente municipal, ¿por qué? Pues nada más porque le gusté. Él me promovió para que ingresara con los guachos en la zona militar, ya que era amigo del comandante de zona. Era amable conmigo. Hasta eso, no me puedo quejar.

4

Sánchez Zamudio seguía dando pistas para que nos encontraran los sicarios. Se lució el hijo de puta con su noticia: «Llega al DF líder de sicarias del CIM».[1] ¿Cuál líder? Yo no soy líder. Solo andaba huyendo junto con Sandra. Nunca me di cuenta de que en una gasolinera, rumbo a Pachuca, ya nos estaban esperando policías vestidos de civil que según estaban cargando *gas*. Sandra se bajó primero del carro y en seguida se le echaron encima y la amagaron con las AR-15. Yo corrí en sentido contrario sobre la carretera y por eso la libré. No quisieron disparar justo porque había mucho tráfico. Días después, llegué a Pachuca, con los familiares del más alto jefe de la organización y me indicaron que me fuera para Ciudad Miguel Alemán, en Tamaulipas, donde andaba él. Cuando estuve a punto de entrevistarme con aquel mando, luego de varias semanas de búsqueda, marqué al celular de una reclusa en la cárcel femenil del DF donde habían remitido a Sandra. Hablar dentro del penal estaba arreglado. Aquella reclusa trabajaba para la organización y en seguida me la pasó. Nomás te hablé para decirte que no te preocupes, que todo va a estar bien, mamita, le dije. Gracias, manita, me respondió. Cuídate, cabroncita, le dije, y colgué. Sandra sabía bien en lo que se había metido, así que no dijo nada más. Un mes después, supe que gente de los Hernández la había mandado matar ahí mismo, dentro del reclusorio.

5

En Ciudad Miguel Alemán, el jefe mayor de la organización quiso saber en seguida la forma en la que mataron al Poseído y cómo había estado todo el desmadre de Quintana Roo. Entré a su casa con el pelo enchinado, pantalón pegado y zapa-

---

[1] Cártel Independiente de México.

tillas de plataforma. Si me coge este cabrón, ya la hice, pensé. Supe que mataron a tu amiga, lo siento mucho, me dijo, a todos nos toca alguna vez. De ti he sabido mucho. Me alegro de que estés con nosotros. En seguida, le conté todo el asunto de los Hernández en Cancún y sobre toda la gente que había muerto. Tenemos que realizar ajustes, dijo, quiero que te regreses para el sur, te voy a hacer un encargo. Vas a adiestrar a algunas morras que trabajan ya con nosotros como *halconas*, *burreras* y *contadoras* en varias partes del país. Quiero que aprendan a sicariar también.

6

Pero el jale no lo haría sola. La primera que tendría que ayudarme a entrenar a otras viejas era Rosa, una excomandante de Morelos, a quien tenía que contactar en Cuernavaca. Atravesar el Distrito Federal me heló la sangre por lo que había pasado con Sandra, pero me tranquilicé porque, cuando entré a la capital, dos patrulleros que trabajaban con nosotros me llevaron hasta el sur, y de ahí seguí sola. Rosa vivía a la orilla de la carretera antigua a Cuernavaca. Teníamos que juntar a otra cabroncita más en Puebla para integrar la diestra de viejas y desde ahí comenzar la misión. Fuimos a Puebla por un camino seguro: el autobús de pasajeros. En la central, era como si no existiéramos. Fuimos al baño y ahí sacamos un rollo de cinta de aislar y forramos las pistolas. Rosa usaba Beretta 92-FS, 9 mm, común, de esas de las que solo se escucha un chasquido fuerte y ya. Ya forradas las pusimos entre los pantalones de mezclilla. Colocamos un portarretrato. Pusimos unos calzones encima y cerramos las maletas. En el puesto de revisión, la alarma sonó. El policía abrió la maleta. ¿Trae algo de metal, señorita?, me preguntó. Me hice la loca: Sí, joven, un portarretratos de mi novio y una licorera. No sé por dónde anda la licorera, le dije. Así está bien, respondió el policía. La otra maleta ya no la revisó. Eso les pasa por pensar con el pito, le dije a Rosa, y ella se carcajeó. El policía se había sonrojado con los calzones aquellos. El detector de metales tenía una estampita de Jesucristo pegada. Me queda claro que tanto rezar los apendeja.

7

En Puebla nos hospedamos en un hotel. Ahí contactamos a la Actuaria, protegida de un coronel de la zona militar local. Cobraba *derecho de piso* a unas cincuenta lavanderías, papelerías, tortillerías, carnicerías, lavados de autos y hasta boutiques de vestidos de quince años. Tenía a su cargo casi veinte *picaderos* nuestros, de los que llevaba las cuentas como toda una profesional. Ese día le tocaba un levantón. Fue fácil. Era Jueves Santo. En esa colonia poblana, la mayor consumidora de heroína en el país, se celebra una representación de la Pasión de Cristo, idéntica a la de Iztapalapa, en el Distrito Federal. Se oían cohetes y eso impidió que alguien oyera los disparos. Las *halconas* habían visto al hombre platicando con policías estatales aliados con los Hernández. Llevaba meses haciéndose pendejo sin pagar la cuota de los cinco *picaderos* que le tocaban. La Actuaria ordenó a los cuatro o cinco cabrones que traía que lo hincaran. Esperó a que los devotos de la Pasión de Cristo lanzaran la siguiente tanda de cohetes y le disparó al hombre en los güevos. La estatua de Cristo Rey se iluminaba bien chingón con las luces de los fuegos artificiales. El hombre recibió un tiro de gracia que le dio ella misma. Al otro día ya estábamos las tres juntas rumbo a Apan, Hidalgo, para entrenar a un grupo de mujeres de varios estados, bajo mi mando.

8

Por ahora te tenemos secuestrado porque necesitamos que cuentes esta historia, no porque seas muy honesto, sino porque tú eres el director de *El Excelencia*, el periódico donde escribe Jorge Sánchez Zamudio. Ahora los vamos a infiltrar. Ahora *El Excelencia* va a trabajar para el CIM y no para los Hernández, como lo hacía a través del pinche Sánchez Zamudio y del vocero de la Secretaría de Seguridad Nacional, Salvador Iniestra. Si lo haces mal, te vamos a matar. Yo misma haré lo que la Actuaria le hizo al encargado del *picadero* en Puebla. Lo he hecho muchas veces. Ni modo, como dicen: cuando te toca, aunque te quites, y cuando no te toca, aunque te pongas. Y a ti, te toca...

Conocí a Sandra en Nueva Italia, Michoacán. Yo formaba parte de la célula del Poseído, después del desmadre de Quintana Roo. Jamás me imaginé que ahí, en la frontera de Michoacán con Jalisco, lo iban a matar de esa manera. Habíamos llegado al Senderos, el único motel del pueblo, porque no nos quisimos hospedar en El Triunfo, uno de los hoteles del centro que olían a vómito. El Senderos, en cambio, estaba recién construido y se ubicaba en la unión de los cuatro caminos que convergen en la carretera de Apatzingán a Uruapan, en la región de Tierra Caliente. Cuando llegamos, Sandra salió de la casetita de cobro con la nena en brazos. Se veía bien bonita con su pinche chamaquita. Sandra era bastante joven y el Poseído, que era mi mando en ese momento, me hizo la señal: Nos vamos a coger a esta morra, me dijo. El Poseído era buena gente, pero también era un animal. Yo me hice la que no escuché, pero terminé en el trío, porque ya andaba cogiendo con él. Y bueno, hay que decirlo, quizá también ella traía ganas. La Sandra se portó a la altura, se aguantó todo lo que le pidió el Poseído, a pesar de que nunca lo había visto. No hubo de otra: íbamos a hacer un pacto con los señores de la región para que no entraran los Hernández a Michoacán y se perdiera esa plaza que ya era una conquista del CIM. Lo sé, no debí haber cogido con los dos, estando la bebita allá en el baño, porque nunca dejamos de oírla llorar. Hay cosas que por podrida que una esté, no debe hacer. Lo sé, pero ni modo. De cualquier manera, Sandra no era una perita en dulce. Sandra sabía disparar, podía matar también, por algo se había juntado con el papá de la beba, que luego asesinaron los Hernández. En Nueva Italia es común que los niños se queden sin papás porque se van a Estados Unidos o porque los ejecutan ahí mismo. Por eso Nueva Italia es un pueblo de puras mujeres. Ellas atienden la gasolinera, la farmacia, los puestos de tacos, los taxis, los tractores y las tiendas. ¿Ya te dije que las mujeres de Nueva Italia son muy bonitas? Sí, hay que reconocerlo: son hijas de migrantes italianos. Una, pues es mexicana normal, de sangre india. Yo soy de Zacatecas pero no de las familias de mujeres blancas. Tampoco tengo grandes tetas ni unas grandes nalgas. Soy normal. Sandra sí era bonita. Ella fue la que me contó que un día llegaron al Senderos unos tipos que parecían miembros de los Hernández. Sin decir nada, levantaron al papá de la beba. Ella no pudo hacer nada porque estaba recién parida y tenía miedo de que le mataran a su chamaquita. A él se lo llevaron a Zamora y lo metieron a un barril con cemento por ser oreja nuestra. Corrió con suerte porque así se mueren rápido. A ella, la habían perdonado por parturienta. Los Hernández estaban avanzando desde Jalisco y arrasando Cherán y Paracho, en la tierra purépecha. Cuando nosotros llegamos, caímos en la trampa. Nos habían tendido una emboscada en Sahuayo. Por defenderme, una bala alcanzó al Poseído y yo me sentía muy mal. Lo tuve que dejar ahí tirado porque los michoacanos me empezaron a decir que me jalara para el DF, vía Zamora y Uruapan, mientras ellos contenían los chingadazos, pero por alguna razón me acordé de Sandra y de su hija, porque ya llevábamos varias semanas en contacto con ellas, y hasta haciendo tríos, y me parecía una mamada dejarlas ahí botadas sabiendo que muy probablemente llegarían los Hernández a matar a todo mundo, y sobre todo a aquella mujer a quien le habían perdonado la vida meses antes. No seas pendeja, me dije cuando jalé hacia Nueva Italia por el camino a Lázaro Cárdenas, ni es de tu familia, pero seguí adelante. Cuando llegué al motel, Sandra apretó a su chamaca y sacó la pistola que le había dejado su esposo. Pensó que le iba a quitar a su beba, pues yo traía una AR-15. Vente conmigo, me voy para el Distrito Federal. Pero no quiso irse por no poner en riesgo a la niña al agarrar carretera. Semanas después supe que habían matado a todos los michoacanos de la zona, incluidas la madre de Sandra y su beba, no por los Hernández que llegaban de Jalisco, sino por el mismo Ejército.

Sin imaginarme nunca que eso pasaría, me fui sin Sandra por el lado del Pacífico, llegué a Lázaro Cárdenas y de ahí jalé hacia Guerrero. Mi idea era buscar a otro de los comandantes del CIM al que le decían el Falso Costeño y que también había estado en el desmadre de Quintana Roo. Era güero. No era de Acapulco como la gente pensaba, sino de McAllen, Texas. Hablaba bien el español y tenía acento de la costa, por eso le decían así. La zona que operaba estaba en Atoyac de Álvarez, en la Costa Grande, a 84 kilómetros de Acapulco. Lo busqué para que me ayudara y para que supiera que habían matado al Poseído, pero me entró miedo porque no respondía su teléfono. Entonces presentí que los Hernández se habían chingado a todo mundo también en Guerrero y que tal vez no quedaba nadie. Por eso no me quedé en Atoyac, sino me fui a El Paraíso, un pueblito donde se siembra la mejor golden Acapulco de México, muy cerca de donde nació el guerrillero Lucio Cabañas y donde yo sabía que el Falso Costeño tenía contactos. Allá en El Paraíso me dijeron que aquel hombre estaba en Tecpan de Galeana, por lo que me fui para allá, sin saber lo que me esperaba. Ahí en Tecpan, los hombres del Falso Costeño me condujeron a una casa de seguridad donde supuestamente estaba él. Apenas entré, recibí un puñetazo en la cara y con la sorpresa, me quitaron la AR-15 que traía. Luego me amarraron a una reja, como si fuera un maldito puerco. Eres la única vieja aquí y mientras sabemos si te vamos a ejecutar o no, nos vas a quitar la calentura. Así me dijeron esos putos y empecé a dudar de que en realidad fueran gente del Falso Costeño. Sospeché que pertenecían al cártel de los Hernández. Era claro que no sabían quién era yo y la jerarquía que tenía. Pero no me dieron tiempo de explicar nada. Yo seguí la vieja recomendación: «Si te van a violar, disfrútalo, o te carga la chingada», pero cómo puedes disfrutar que te la estén metiendo dos o tres cabrones al mismo tiempo, que te escupan, que te metan los dedos en el culo con saliva. Tenía miedo de que me desgarraran por dentro. Los hijos de puta se dieron vuelo. Pero poco les duró el gusto porque como a la media hora llegó el Falso Costeño con su círculo de seguridad. Eran unos diez cabrones. Los que me habían violado hasta pidieron disculpas. De verdad perdón, jefe, todo fue una confusión. ¡Confusión mis ovarios, pinches putos! Habían pensado que yo era de los Hernández, según dijeron. Pero con todo y su pretexto se los cargó la chingada.

El Falso Costeño dio orden de que arrodillaran a aquellos hombres y de que me soltaran. Luego, solo me miró a los ojos. Había pasado un año de no verlo y se me hizo un nudo en la garganta, no sé si de dolor por la inflamación de mi cara y mi vientre o porque aquel hombre era para mí una verdadera esperanza. Me acarició el pelo y me quitó la sangre de la boca. Luego les ordenó a sus sicarios que le jalaran. Aquellos putos quedaron hechos poco menos que mierda.

Justo lo que eran.

«A ver, plebes —le dijo el Falso Costeño a todos sus hombres—, a esta vieja me la respetan como si fuera su madre. Con su vida y la de sus hijos me responden de ella…».

No acostumbro a quebrarme por este tipo de cosas, pero tragué gordo. Y chillé, chillé por dentro. Me aguanté lo que quería decir y solo miré al Falso Costeño a los ojos. Luego me enteraría de para quién trabajaba realmente y también de que me había tenido consideración por todo lo que habíamos vivido juntos, además de revelarme, para sorpresa mía, que él no pertenecía al CIM ni a los Hernández, pero en aquel momento no hubo nada más qué decir, porque en este negocio las palabras sobran.

Me acomodé la ropa y después yo misma me encargué de cortarles a aquellos putos violadores los deditos de sus manos. Me ofrecieron descuartizarlos porque según el propio Falso Costeño esos ojetes ya andaban en tratos con los Hernández, pero no quise.

Los quería completos. Yo traía sus dedos medios en una bolsa de plástico.

Pedí que los enterraran boca abajo y se los metí en el ano.

Estaba satisfecha porque todos los que trabajan en esto conocen a la perfección ese mensaje.

Todo mundo sabe que a los traidores y a los ojetes siempre se les da por el culo.

Sí, Jorge Sánchez Zamudio, me confesaste que sentiste haberte equivocado cuando llegaste a Cancún a trabajar en la primera campaña de Jesús Olalde. Te invitó Mario Arturo González Gabalda, quien cubría la Presidencia de la República para *El Excelencia*, aquel periódico que fundó tu propio padre y en el que debutaste como «reportero». Tú me contaste que cuando llegaste a trabajar con Jesús Olalde, en Cancún, el mismo González Gabalda te recogió en una camioneta con logotipos del candidato. Olalde estaba obstinado en «hacer un cambio» en aquel destino turístico postulándose por el Partido Ambientalista, a pesar de ser un saltimbanqui político por haber militado antes en el Partido Nacional y luego en el Partido Conservador, tal como lo haría después en el Partido de la Izquierda Moderna para contender por la gubernatura del estado. Aun así, trabajaste con él, en calidad de reportero oficial de aquella primera campaña, a pesar de que tu única experiencia había sido redactar una que otra nota policiaca en *El Excelencia* donde claramente te había colocado tu padre al retirarse como director. Para ti fue un mundo nuevo recorrer las muchas colonias marginadas de Cancún con los jóvenes diputados del Ambientalista. Fuiste testigo de que el día de la elección de aquella primera campaña a la alcaldía, en la Supercasilla 11, donde votaban cerca de diez mil cancunenses en el mismo listado nominal, los jóvenes dirigentes de aquel partido traían en una camioneta un par de maletas deportivas con billetes de veinte dólares convertidos a pesos nacionales. Habían contratado a un ingeniero electoral de Tabasco para reventar las casillas de Cancún concentrando en ellas a decenas y decenas de acarreados desde la primera hora. Ahí te enteraste en qué consiste el famoso *Ratón Loco*, en el que se retaca cada casilla de listados viejos para que los que lleguen a votar no se encuentren y corran a otra casilla, hasta que se hartan y terminan hasta la madre. O aquella otra técnica de poner a muchas personas —señoras obesas o ancianos— a buscar el número de su credencial en las casillas, para que los indecisos o los que tienen que ir a trabajar abandonen el intento. Incluso, te reíste de *Los Tamales*, trampa en la que se llenan las urnas de papeles en blanco para que nadie vote. Y te carcajeaste, como el gran hijo de puta que eres, de la gran cantidad de golpeadores que trajeron los ambientalistas, a quienes les pagaron con cemento, metros de varilla, desayunos o efectivo, para que llegaran muy temprano a crear desmanes a la casilla, atraer a la Policía y así lograr que ninguna familia de Cancún acudiera a votar por miedo o por precaución.

A ti mismo te pagaron para que llevaras a los reporteros locales a que cubrieran la madriza que aquellos golpeadores le dieron a los activistas del Partido Nacional, con la misión de que, urgidos de irse a su casa, los reporteros no se enteraran del verdadero fraude que vendría a lo largo del día, al desplegar los ratones locos, los tamales, y aquellos *carruseles*.[2]

Y lo hiciste con gusto para ser alguien…

Incluso tú mismo me contaste que a González Gabalda lo corrieron por robarse dinero de la campaña, llegando en su lugar Juan Armando Tavira, columnista de *La Prensa Nacio-*

---

[2] Habría detenidos, claro, pero para ello, un diputado local del Ambientalista pagaría la fianza correspondiente y liberarían a aquellos golpeadores traídos por el ingeniero electoral tabasqueño.

nal, quien integró de inmediato un equipo contigo, una reportera local, un camarógrafo y un fotógrafo.

Con Tavira hubo más trabajo, y por eso no conociste las olas mojando las playas ni las gaviotas surcando el cielo de aquel destino turístico.

Todo eso me contaste, y vaya que era verdad, como después yo misma pude constatar, el día que con orden o sin ella, se me metió la idea de darte un tiro a la distancia o matarte con mis propias manos, por ser tan hijo de puta.

—Ya te dije, tú eres el actual director de *El Excelencia* y jefe de Jorge Sánchez Zamudio, y eso también te hace responsable de que hayan usado tu diario para avisar a los Hernández de todos los movimientos de los demás cárteles. Por eso te secuestramos. No solo para ponerte en la madre. Tú estás aquí por otro motivo. Porque el cártel de los Hernández nos quiere chingar y lo está haciendo no nada más con putazos y levantones, sino también, como ya te dije, a través de Sánchez Zamudio y Salvador Iniestra. Iniestra es el mando en cuestiones de prensa. ¿No lo sabías? ¿Acaso pensabas que eran grandes reporteros y comunicadores? Claro que no. Reciben dinero para publicar nombres y documentos de políticos o policías que trabajan con nosotros o con otras organizaciones para que luego el Gobierno se cuelgue la medalla cuando los capturan. ¿Por qué te sorprende? Ya veo que no sabes que las noticias de decomisos o quema de mariguana o amapola son en realidad mensajes que significan que van a ir por cierto grupo y que ya los tienen localizados. Así que te voy a decir cómo va a estar este operativo. Mis compañeros y yo te vamos a quitar la cinta de tu boquita y me vas a *entrevistar*. Espero que eso sí lo sepas hacer. No vas a preguntar lo que tú quieras, solo queremos que publiques lo que a mí me pasó en Quintana Roo para que todo mundo sepa quiénes son realmente los Hernández. Me vas a entrevistar a mí porque soy la única del CIM que sabe cómo los Hernández ganaron poder desde el sur y esa es la zona que nos interesa conservar. Cuando lo publiques se va armar un desmadre porque los generales del sur, sus empresarios y los del Partido Nacional creen que todo el cagadero de la campaña de Olalde en Quintana Roo es un expediente cerrado. Y no lo es. Por eso mi tropa se va a quedar aquí en la puerta con la orden de que si te pones loco van a entrar a ponerte en ese gancho que ves ahí en el techo, de donde hemos colgado a muchos como tú. ¿De acuerdo? Tú tienes una misión, así que te conviene que la cumplas y no te mueras antes. Vas a decir que el Cártel Independiente de México nació en Tamaulipas y que se reestructuró en Cancún, durante la campaña de Jesús Olalde. Todo lo vamos a grabar. Me vas a llamar Celeste. Puede o no ser mi nombre verdadero, pero eso a ti no te importa. Mira, papacito, los Hernández, Sánchez Zamudio y Salvador Iniestra tienen que pagar la matanza de nuestra gente allá en Quintana Roo. Así que vamos a platicar. Si gritas o la haces de pedo, ya sabes lo que va a pasar, ¿estamos? Y no te quejes, mi rey, ya te dije que a muchos les ha ido peor.

—De acuerdo.

—Pos empiézale, mi rey. No desperdicies el tiempo. Tú pregunta así muy profesional, como en la tele. Te recuerdo. Si haces pendejadas, así como me ves de flaquita, yo misma te voy a poner un remedio, ¿estamos? Vamos a ver qué tal haces tu chamba. Tú habla tranquilo. Haz una entrevista normal. Vamos…

—Estamos en entrevista con una de las integrantes del Cártel Independiente de México, organización que ahora sabemos nació en Tamaulipas, y que de acuerdo a nuestra entrevistada, se reestructuró en la ciudad turística de Cancún, Quintana Roo. Cabe destacar que esta entrevista surge en condiciones especiales. La señorita Celeste, como la llamaremos de ahora en adelante, nos referirá cómo está estructurada su organización y quiénes la conforman.

—A ver, mi rey. Sáltate eso. Cómo eres pendejo. Obviamente no voy a dar nombres de mis mandos. ¿Quieres verme la cara de pendeja…? Ponte buzo porque si no, ¡esto ya se chingó…! Solo te lo diré una vez: quiero que me preguntes sobre Sánchez Zamudio y digas cómo está coludido con Iniestra, y que hables de cómo los Hernández operan, en el norte y en el sur, y sobre todo de cómo están enviando pistas al Ejército desde tu periódico para romperle la madre a mi grupo… Nada más, ¿entendiste? ¡Cómo se te ocurre preguntarme sobre la estructura del cártel!

—Lo siento, no era mi intención…

—No te hagas pendejo, porque aquí tenemos muchas ganas de ponerte en la madre, así que mejor no le busques… Vamos a hacer algo diferente. Olvidemos la entrevista. Ya no quiero que hables. Tú nada más escucha y yo voy deciendo qué quiero decirte y qué no, para que cuando te soltemos puedas escribir la historia de esos ojetes de los Hernández en Quintana Roo, que es lo que verdaderamente importa. Tú mantente así, calladito. Yo regreso en un momento.

Jorge Sánchez Zamudio nació periodista, dejando en claro que en México no hay vocaciones sino solo sucesiones. Se hereda el destino. Sin embargo, su padre, don Abel Sánchez Pescador, sí escogió su camino. Don Abel era de origen humilde. El Gran Periodista, el Columnista Incorruptible y fundador de *El Excelencia*, comenzó vendiendo pescado en un antiguo mercado de la capital. Luego, alguien lo invitó a ser repartidor de diarios en la calle. Después pasó a serlo para suscriptores y así conoció las colonias pudientes. Posteriormente fue alzador en las madrugadas, hacía montones de periódicos a toda velocidad e insertaba las secciones que se imprimían por separado. Había logrado terminar la secundaria y eso era suficiente. Luego, hizo mandados por las noches a los reporteros que metían ron o *brandy* a la redacción de aquel periódico incipiente, y que esperaban el cierre de la edición a la una o dos de la mañana. Un buen día, el reportero de la sección policiaca faltó, y él tuvo su oportunidad. De entrada, era un trabajo que nadie quería hacer, pues implicaba andar por las madrugadas lidiando con putas, asesinos, comandantes y funcionarios corruptos. Lo demás sucedió: le dieron una plaza. Era la época de la vieja guardia del periodismo, la de los reporteros empíricos y aguerridos. De ellos, el padre de Jorge Sánchez Zamudio aprendió. A veces tenía que seguir la línea que le marcaba el periódico, pero siempre buscó mantener una imagen de reportero honesto. Eso fue lo que más le pesaba a Jorge. Que a su padre nunca le importó el bienestar de su familia con tal de mantener su imagen de incorruptible. ¿Soberbia? Tal vez no. Don Abel había entendido el negocio de ser recto en el periodismo: pocos lo eran y entonces él, un exvendedor de pescado, asumió ese personaje con tal de mantenerse en la misma posición y nunca perder su empleo. Y con esa filosofía pasó de periodista de sección policiaca a fundar la columna «Extremos Políticos», en la que se hablaba de los gobernadores y presidentes en turno. Cuando Jorge y sus tres hermanos (Diego, Carlos y Antonio) comenzaron la adolescencia, el Gran Periodista ya tenía el mote de *Fundador del Periodismo de Altura* en una época en la que se le llegó a considerar uno de los cinco periodistas más importantes de México. Don Abel se convirtió así en tiburón de la escena política, en anguila eléctrica, en delfín, en pez martillo. Ya era jefe de reporteros y redactores de aquel periódico que llegó después a ser uno de los más importantes de Latinoamérica. Era el jefe, pero seguía siendo pobre. En cambio, sus subalternos contaban con altos ingresos, producto del soborno: Minas, Sindicatos, Agricultura, Educación, Deportes, Congreso, Relaciones con el Exterior, Bancos, Electricidad, Ejército, Tribunales, Asuntos Religiosos, Policía, Cruz Roja, Presidencia de la República. Y eso era lo que le dolía a Jorge. Que su padre no hubiera hecho fortuna. Era cierto, vivían en la Colonia San Bartolo, cerca de las residencias de los últimos tres presidentes y en la misma privada que el rector de la Universidad Nacional. Don Abel, el hombre-pez, había invertido todos sus recursos en comprar un pequeño lote para vivir cerca de aquellos hombres pero no era parte de ese núcleo. Jorge y sus hermanos jugaban en la misma calle que los hijos del director de Petróleos, del secretario de Gobierno, del regente de la Ciudad, pero los otros se reían de ellos. Y todo porque don Abel, el Gran Periodista buscaba conservar limpia su imagen sin recibir dinero o posiciones, a cambio de que su nombre apareciera entrevistando a John F. Kennedy, a Fidel, a Nikita Jruschov, o de asistir a los Juegos Olímpicos, o conocer al Che en la conferencia de Naciones Unidas, o abrazar a Pelé y tener palco de honor en el Mundial de Futbol de México 1970.

Incluso, Jorge llegó a contarle a Celeste y a todos en la campaña de Jesús Olalde, allá en Cancún, cómo su padre solía rechazar vinos carísimos, viajes a Alaska o a Medio Oriente. Rehuía todo aquello, excepto los habanos enrollados en Miami que cada semana llegaban a su casa y que doña Olga tenía que guardar celosamente. Fue ella quien una tarde recibió una extraña bolsa de terciopelo. Un chofer había preguntado por don Abel, pero como no estaba doña Olga aceptó el envío. Los niños se abalanzaron para ver qué le habían enviado a su padre. Entre jaloneos, la bolsa cayó al suelo. Los centenarios se desparramaron. Eran al menos quince. Los niños recogieron algunos para hacer con ellos una montañita en la mesa. Doña Olga telefoneó a don Abel para explicarle que la bolsa la enviaba el gobernador de Veracruz. Don Abel dijo algo por teléfono y doña Olga comenzó a llorar.

—¡No seas pendeja, Olga, no es lo mismo una caja de puros que cuatrocientos mil pesos en efectivo... Ahorita mismo vas y devuelves la bolsa. Mi pluma no se vende! —dijo don Abel.

Doña Olga colgó y obligó a los niños a buscar hasta la última moneda que hubiera en el piso, terminó de llenar la bolsa, tomó las llaves del viejo Mustang 73 y se dirigió a la oficina de la Representación del Gobierno de Veracruz.

Jorge se encaprichó en que lo llevara, y doña Olga aceptó, sin saber lo que hacía. El secretario particular del gobernador la recibió con grandes aspavientos que se le borraron de la cara cuando doña Olga le dijo que iba a devolverle el obsequio. El funcionario se molestó. Luego trató de controlarse y, unos segundos después, dejó caer la bolsa de terciopelo sobre el escritorio.

—Bueno —dijo el hombre con una sonrisa fingida—, parece ser que don Abel nos brinda la oportunidad de saber que a fin de cuentas aún existen hombres de periodismo a los que vale la pena estrechar la mano.

Tal vez, en otro contexto, esta frase habría sido un motivo de orgullo para cualquier niño, pero no para Jorge, quien sentado donde estaba, acomodándose la corbata que le había puesto su mamá para ir a visitar al funcionario, alcanzó a ver de reojo cómo este le acariciaba el culo a su madre.

—Es mejor que me vaya, señor secretario —dijo la mujer, sonrojada, quien tomó al niño de la mano y salió rápidamente, apretando los dientes, sin despedirse de la secretaria, ni del guardia que le deseó buen día apenas salió.

Jorge quiso matar al secretario particular del gobernador de Veracruz, pero también a su padre, quien había mandado a su mamá a enfrentar al cacique, en lugar de ir él mismo. Cobarde, pensó Jorge mientras se tragaba los mocos cuando regresaban a su casa en el viejo Mustang.

—¿Te trataron bien? —preguntó el Gran Periodista cuando doña Olga le llamó por teléfono para reportarle el resultado de su encargo.

—Sí —dijo doña Olga—. El secretario del gobernador fue muy amable conmigo.

—Así me gusta —respondió orgulloso don Abel, quien pasó rápido a otros temas antes de colgar.

Jorge lloró. Se sentía un niño sumergido en un tonel de ostiones espesos y putrefactos, a cuya madre le tocaban el culo a placer y se mofaban de él por estar condenado a ser un jodido de por vida. Aun así, se limpió los mocos y sonrió.

Se sintió bien. Sabía que había hecho lo correcto porque cuando sus hermanos y él habían recogido las monedas doradas en el piso de la casa, para ponerlas en la bolsita roja de terciopelo, se había quedado con una. Sonreía porque la apretaba muy despacito, en el bolsillo trasero de su pequeño pantalón.

—Mi rey, el mando me acaba de ordenar que todo lo que te he contado de Sánchez Zamudio, de Iniestra y de lo de Cancún no se grabe, sino que solamente lo escribas para que no quede evidencia si es que tenemos que matarte. Así que aquí mi tropa me va a dejar otra vez sola contigo, pero te advierto una vez más que si te pones loquito vamos a tener que adelantar tu muerte y este cuarto será lo último que veas en el mundo antes de darte bajón. Pero la orden es que si te portas bien y nos gusta lo que escribes, te vamos a soltar y no te vamos a hacer nada. Sobre todo porque nos interesa que lo difundas entre mucha gente y tú como director de *El Excelencia* lo puedes hacer muy bien. Así que aquí está la computadora y hasta un café que te trae aquí este plebe, para que te sientas a gusto, ¿estamos? Entonces, empieza a darle, papacito. Si tienes preguntas, pos nomás me las haces. Me autorizaron a decirte todo lo que yo quiera, así que arráncate.

—¿Van a matarme de todas maneras? Deme un poco de tiempo, le prometo que escribiré lo más rápido posible, nada más que me desentuma un poco…

—Tómate tu tiempo, rey… Haz las cosas bien y no te pasará nada. Procura que tu reportaje quede chingón y luego ya veremos…

—Tengo ganas de ir al baño. Necesito orinar primero, por favor…

—En otras circunstancias te dejaría que te mearas en los calzones para que te acostumbraras un poco al hedor que representas y para que sepas lo que realmente vales... Pero ya te dije, si te portas bien, te vas a poder ir a tu casa. Allá en ese cuartito hay un baño, no tiene puerta pero así es mejor para poder vigilarte. Ya lo sabes, si haces alguna pendejada le jalo a esta Colt que tanto quiero. Te recuerdo que no necesito a mi tropa para romperte la madre yo misma...

—Eso lo sé muy bien... Usted debe estar entrenada para eso y más. Lo único que quiero es orinar...

—Pues ve...

—Le agradezco mucho su ayuda. Pero hay otro problema. No podría hacer nada si una mujer me está viendo...

—¡Qué penoso me saliste, mi rey! Te vamos a matar y tú pensando en que no vea tus miserias. Ándale... Echa tu meadita, yo desde aquí te vigilo. A ver, para que no te pongas nervioso, sígueme preguntando cosas como hace rato... Ándale...

—¿Puedo tutearle? La situación es un poco difícil para mí... si no le molesta...

—Está bien, pues... Aprovecha para preguntarme lo que quieras.

—¿Puedo preguntar entonces lo que sea?

—Ya te dije que sí...

—Gracias... Te hablaré de tú, pues. Aparte de lo de Jorge e Iniestra y los Hernández, me gustaría que me contaras cómo te involucraste con ellos allá en Cancún. Y por otro lado, siempre es interesante saber por qué una mujer anda en esto... Tal vez también quieras contarme tu historia personal...

—De verdad que te estás ganando una madriza... Mi vida a nadie le importa... Así que si no vas a cagar o algo más, ya regrésate a tu silla...

—Okey. Pues sería una lástima no saber tu historia.

—Mi «historia» es producto del destino, este trabajo no se escoge...

—Perdón que te contradiga, pero siempre se puede elegir…

—Tú eres un buen ejemplo de que nunca se elige, mi rey. ¿O es que elegiste estar aquí? De hecho, tú eres el caso más claro de que pocas veces se puede elegir…

—¿Te refieres a mi secuestro?

—No, mi rey…

—¿Entonces?

—A que la tienes muy chiquita… Y con eso te demuestro que nunca se escoge… ¿Ya entendiste lo que quiero decir? ¿O acaso se escoge un balazo en la crisma? Bueno, eso sí lo puedes escoger. Pero tener la verga pequeñita como la tuya, mi rey, eso no se escoge. ¿O acaso se puede escoger estar jodido?

En el último día de aquella primera campaña de Jesús Olalde, el candidato debía dar un recorrido por la Franja Ejidal, repleta de casas de *block* con techos de palma, piso de tierra, sin agua y sin drenaje. Faltaban veinticuatro horas para que comenzaran las votaciones y Olalde tenía ventaja en las encuestas. Los dirigentes del Partido Ambientalista caminaban junto a Jorge hasta que llegaron a una escuela en la que se instalaría un buen número de urnas. Estaban supervisando la ingeniería electoral en el plantel cuando un hombre con machete les salió al paso. Llevaba setenta y dos horas sin moverse de ahí.

—Ellos son los diputados Izu Larrea y Alan Carrasco, venimos a inspeccionar la casilla para que salga todo bien… —dijo el presidente del Ambientalista, José Emilio Fernández Ramírez, enseñando su placa que lo acreditaba como senador de la República.

—Esta es una casilla del Partido Nacional —contestó el hombre dando un paso al frente.

Fernández Ramírez volteó hacia sus compañeros en busca de apoyo, pero permanecían callados por la violencia que mostraba el hombre.

—Creo que usted está cometiendo un error, esta es una escuela pública y cualquier ciudadano puede acceder a ella, y más nosotros como legisladores con fuero federal, así que mejor baje su machete o se meterá en problemas…

—Si da un paso más le rompo la madre —respondió el hombre—. En este estado solo manda el gobernador Villalobos y lo demás me vale una chingada…

Por precaución o tal vez por respeto institucional, los diputados dieron un paso atrás. La comitiva intentó tranquilizar al hombre, quien seguía lanzando insultos.

Cuando pasó el incidente, Jorge se dirigió al hotel donde Juan Armando Tavira había citado a veintitrés periodistas del Distrito Federal que venían a conocer el resultado de la elección a cambio de publicidad para sus medios. En el Hotel Caribe Paraíso, propiedad del hermano de Olalde, se les dio la bienvenida.

—Gracias por venir —les dijo Olalde—. Estoy seguro de que serán testigos de cómo el Partido Ambientalista gana por primera vez un municipio en el país.

Se rieron de él, pero al otro día tuvieron que publicar que el partido más insignificante de México había ganado el destino de playa más importante de Latinoamérica.

Cinco días después, comenzaron los motines en las oficinas del Consejo Electoral Estatal en Cancún. Decenas de reporteros, incluidos Jorge Sánchez Zamudio y Nicté May, joven periodista maya, montaron guardia para atestiguar si el Partido Nacional buscaría revertir «el triunfo malhabido de los ambientalistas», pues seguro no se iban a dejar arrancar la corona del Caribe tan fácilmente.

Hacía mucho calor y cada cinco o seis horas Olalde iba y venía del Consejo Electoral, donde montaban guardia amas de casa y miembros de las Juventudes Ciudadanas del partido.

Pronto un maremoto se apoderó del lugar. No menos de ocho camiones de la Organización Nacional Campesina (ONC) se estacionaron en las calles aledañas. Eran correligionarios del Nacional. Y estaban ahí para gritar que la victoria del ambientalista había sido producto de un fraude. Bajaron de los camiones gorilas con el cabello cortado a rape, pasados de peso, enojados porque les habían dado una sopa de su propio chocolate. En seguida fueron rodeando a amas de casa y activistas. Cuando comenzaron los golpes, Jorge Sánchez Zamudio soltó la comida que llevaba e intentó huir, pero quedó atrapado entre el cerco de orangutanes que empujaban a los activistas ambientalistas. Jorge llamó a Tavira, y al no recibir respuesta, le marcó a Olalde directamente. «Candidato, aquí en el Consejo Electoral ya comenzaron los golpes, la gente está aguantando». Y en efecto, los jóvenes ambientalistas aguantaron todo excepto que los simios del Nacional llamaran *putas* a sus mamás y que a ellos les escupieran en la cara, por lo que no tardaron en llamar a los pandilleros de la Franja Ejidal, amigos y hermanos suyos, que en menos de media hora arribaron para protagonizar una verdadera batalla campal:

Juventudes Ambientalistas
vs.
Golpeadores del Partido Nacional

Y a continuación: ojos morados y chorros de sangre. Los del Ambientalista lanzaban cadenazos y una que otra chuchillada a diestra y siniestra. También varillas con punta, gritos y palazos. No faltaron por parte de los golpeadores del Nacional los puños con triple anillo de acero y los *hijos de tu reputamadre* a todo pulmón. Y así comenzaron a caer jóvenes ambientalistas por madrazos secos y uno que otro machetazo. Los tubazos de los pandilleros afines al Ambientalista fueron a parar en las pelonas negras de los del Nacional, sin contar la patiza que les daban cuando estos caían al suelo.

Nicté parecía muerta, pues un orangután de la central campesina le había propinado un golpe en la cara sin preguntarle *de qué medio vienes,* producto del reparto de madrazos que le dictaba su conciencia, ¿nula?

Desde lejos, Olalde y Salvador Iniestra (quien financiaba desde la Secretaría de Seguridad Nacional en el Distrito Federal parte de la campaña) veían el espectáculo, preocupados, con sus puros en la mano.

—Hijos de su puta madre —dijo Olalde—. Me avisaron que el Nacional iba a mandar a los de la ONC, pero no quise creerlo.

—A mí lo que me preocupa ahorita es que ahí en medio está metido el hijo de Abel Sánchez Pescador —dijo Juan Armando Tavira, quien también estaba con ellos y respondía a las órdenes de Salvador Iniestra—. Si le pasa algo, esto se va a hacer un desmadre. El viejo aún tiene influencias en el periodismo…

—Pues que se aguante —dijo Salvador Iniestra—. A eso vino, a hacerse hombrecito…

Dos semanas después, el Tribunal Electoral falló en favor de Jesús Olalde. En ese momento Jorge supo que había tomado el camino correcto. Nicté ya había sido dada de alta del hospital y a Sánchez Zamudio no le había pasado nada, debido a que durante la refriega optó por tirarse en el piso y hacerse el muerto, cubriéndose con el cuerpo de la reportera maya.

En el festejo por el triunfo electoral, a Jorge le presentaron a Salvador Iniestra. El vocero de la Secretaría de Seguridad Nacional vestía pantalón de lana y una guayabera. Fumaba habanos y a cada rato se ajustaba los lentes de pasta sobre su puntiaguda nariz. Iniestra le invitó un *whisky* al fondo de la terraza del Hotel Kokai. La bebida seca contrastaba con el ambiente húmedo de Cancún. El momento parecía una escena de película donde el audio desaparece y se ve a los dos personajes al fondo de la composición. Iniestra conocía muy bien al padre de Jorge y había pensado ya en ofrecerle la dirección de la sección policiaca de aquel periódico que había fundado junto con don Abel y del que recientemente era accionista, justo tras la jubilación del Gran Periodista como director.

—Es hora de dar impulso a una nueva generación en *El Excelencia* —dijo Iniestra—. Piénsalo. En esa misma fuente donde podrías trabajar, comenzó tu padre, y ya ves, llegó muy alto. Tú puedes superar su nombre más rápido. Ya empezaste a hacerlo. Se ganó Cancún y tú has sido parte de esto. Por ahora, la noche es larga, disfruta de tu éxito. Háblame a primera hora para saber tu decisión. Yo voy a pasarte información de primera mano para que seas el referente obligado en temas de seguridad nacional en México, ¿qué te parece?

Iniestra le dio a Jorge una palmada en el hombro sin hacer mayor plática, dando por terminada su intervención, como si lo hubiera decidido desde tiempo atrás. La terraza del Kokai era algarabía total.

—¡Ganamos, Jorge; dame un abrazo! —gritó el diputado ambientalista Alan Carrasco. Lloraba como un niño, emocionado por el primer triunfo de su partido en el ámbito nacional.

La propuesta de Iniestra fue toda una bomba para Jorge. Tenía enfrente la oportunidad que siempre quiso. Se terminó el *whisky* y pronto se dio cuenta de que iba a tener que irse sin probar a las mujeres de Cancún. En seguida pensó en Nicté como la presa más cercana pero alejó la imagen por considerarla demasiado morena para él. Llegó a los condominios La Luna, donde se estaba hospedando. No podía dejar de pensar en la propuesta del vocero de la Secretaría de Seguridad Nacional. Pensó en que resultaba muy raro que un hombre como Iniestra trajera a periodistas tan importantes como González Gabalda y el propio Juan Armando Tavira para manejar la campaña. Estaba empapado de sudor, como si el calor del Caribe hubiera aumentado su temperatura promedio y se quedó dormido. Al poco rato, se despertó, tomando conciencia de que no había reparado en aquel clima extremo y exótico. Tomó agua y se quedó dormido de nuevo. Soñó con el día en que cumplió dieciocho años y su padre lo llevó a conocer al candidato presidencial del Partido Nacional al aeropuerto de Chilpancingo, Guerrero, donde el avión de aquel político apareció tomando pista. A Juan Francisco Partida Ortiz lo esperaban el gobernador, dos diputados federales y el senador del estado. El candidato presidencial Partida bajó y caminó hacia don Abel. Lo abrazó y luego lo escupió. El padre de Jorge se limpió la saliva y pidió disculpas por haber llevado a su hijo. La presencia del muchacho molestó al candidato. Estaba tan enojado que se sacó la verga y don Abel comenzó a mamársela de manera cadenciosa, hasta que se tragó todo el semen. Del avión salieron los escoltas del candidato y uno a uno se echaron al piso en posición de tiro. Partida Ortiz ordenó que le dispararan a Jorge.

—Es el Hijo del Gran Periodista, no quiero que haya sucesores de periodistas importantes —dijo el candidato.

Después se carcajeó tan fuerte que los escoltas se taparon los oídos hasta que sus cabezas explotaron con un reguero de sangre, sesos y cabellos. Partida tomó la frente de Jorge y con su verga lo nombró Gran Escudero de la Orden de los Caballeros de Quintana Roo. Lo último que alcanzó a ver Jorge fue cómo el gobernador, el senador y los diputados, le sobaban el culo a su madre, quien lo ofrecía, alegremente, levantándose la falda.

Jorge despertó. Sudaba. Era el último día de aquella primera campaña y no había ni siquiera disfrutado el viento que agitaba las palmeras de la zona hotelera ni el mar color turquesa que hace pensar en la perfección. Sin embargo, supo lo que debía hacer. Tomaría el ofrecimiento de Iniestra y dejaría de permanecer a la sombra de su padre.

Sería un soldado de lujo en una guerra que iba a invadir al país.

Aunque él no lo sabía.

No podía percibirlo aún.

—¿Por qué la insistencia en publicar esta historia contra los Hernández y no contra otros cárteles?

—Porque los Hernández, el Gobierno y el Ejército se han vuelto lo mismo, y actualmente ya nadie distingue para quién está trabajando. Y la intención es mostrar quiénes son realmente los Hernández y con quiénes están coludidos.

—Según las estadísticas del propio Gobierno, los Hernández tienen ya presencia en veintitrés entidades del país y miles de operadores, ¿cómo es que han llegado a tener tanto poder?

—Han entendido que mientras haya hambre la gente preferirá morirse mejor de un balazo. Además, como te decía, uno le entra a esto a veces sin darse cuenta o porque ya da igual.

—¿Cómo es eso?

—Mira, mi rey. A veces, cuando uno entra a una corporación, no sabe realmente para quién trabaja. El país está dividido en grupos que compran la protección del Ejército o a la Policía. Ahí uno empieza a dudar si no da igual trabajar directo para los cárteles, con más dinero y mejor organización. Como policía tienes que salir a joder a la gente para pagar el uniforme, la placa y la pistola. Ya no se diga para una patrulla o una comandancia, y como soldado sabes bien que jamás saldrás de la tropa. Por si fuera poco, terminas matando a gente que a ti no te hizo nada y que ni siquiera conoces, pero que igual llevas en la conciencia. Son la Policía o el Ejército los que te joden el alma, sin saber nunca cuál es el beneficio:

»*Señorita soldado: Trescientas lagartijas por no levantar la cara cuando le hablo. Señorita policía: lave los baños cagados del agrupamiento por comunicarse por teléfono con sus hijos. Señorita soldado: bolee todas las botas del regimiento por traer una mancha en su uniforme. Señorita policía: entregue trescientos dólares por cuidar su esquina o su calle. Señorita soldado: aparte cuatro paquetes de cocaína decomisada, llévelos a mi camioneta, haga como que no ha visto nada y apúrese a bajarme la bragueta para que me dé una buena mamada. Además, tráguese mi leche o le doy arresto una semana. Su novio se la debe coger a cada rato, en la cara se le ve clarito lo puta que es. Señorita policía: salga a romperse la madre por la ciudadanía cuarenta y ocho horas continuas, ¿no ve que va a descansar otras cuarenta y ocho?*

»Mira, papacito. Estar allá o acá es lo mismo. Las balas se disparan para los dos lados, ¿no? ¿Nunca has estado en las filas de un cuerpo militar? No, claro, tú eres periodista, tú nada más te rascas los güevos publicando lo que los demás hacen mientras nosotros nos rompemos la madre en las calles. Por supuesto nunca has tenido que escuchar a tu superior defendiendo la disciplina como si fuera un estúpido: "Si se atreve a salir de estas instalaciones para ir a ver a su hijo muriéndose en el hospital, le daré una boleta de arresto que no va a olvidar nunca". Mira, rey, el odio te lo inyectan en las corporaciones. Te lo enseñan desde que comienzas a odiar a los delincuentes. Cuando eso pasa, ya no se puede dormir, siempre se está alerta, ya no se puede hablar sin alterarse, no se come y se termina pensando que allá afuera todos infringen la ley, o peor, que eres la ley, y que todos deben respetarte. El otro día escuché al presidente de la República invitar a los jóvenes a unirse al Ejército o a la Federal. ¡Niños de dieciocho o veinte años al Ejército! ¡Qué chingue a su reputa madre! A esa edad deberían estar cogiendo, no aprendiendo a matar. A ver… que él mande a sus hijos al Ejército. No lo hace porque sabe que ahí les van a pudrir el alma, ¿verdad? Mira, papacito, le abriste la llave a algo que sí me encabrona… ¿Sabes por qué realmente no nos quieren a los que nos dedicamos a esto? Porque en este negocio conocemos demasiado. Sabemos qué político nos pide chichi para proteger su territorio, qué empresario nos renta sus camiones o sus aviones para distribuir la merca. Somos nosotros los que nos matamos para que putitos como tú consuman su mierda. Pinches malagradecidos. O ¿qué, cabroncito?, no me digas que no es cierto…»

—Pero tú no distribuyes, tú eres una sicaria. ¿No te arrepientes de matar gente?

—A ver, papacito. Tú te estás confundiendo. En este negocio uno nada más es una mano pero no quien pone el dedo. La guerra es de los patrones y una solamente es una soldado. Una obedece y cobra. Además, al menos el CIM no mata a gente inocente, sino a personas que por traidores o por ojetes necesitaban probar piso. Hay que saber que cuando le metes la bala al abastecedor, ya no es asunto tuyo. Solo hay que saber no escuchar, porque las palabras debilitan. Las miradas también porque no se olvidan. Unos ojos que suplican son más letales que un *cuerno*. Que no te digan quién es el que va a fallecer ayuda a hacer el trabajo. Eso lo aprendes en el Ejército: uno debe hacer las cosas sin preguntar nada.

—Si pudieras, ¿dejarías esto?

—Mira, uno se mete igual como tú lo vas a hacer: sin que lo hayas pedido. O por hambre. Y ninguna de nosotras somos perros para morirnos así en la calle. Ya lo dice el dicho: «Más vale cuatro años como rey que cuarenta como buey». Y si me llega a tocar que me maten, voy a descansar de ver tanta mierda. Una vez dentro, no se sale más que muerto. Esto no dura mucho, así que qué más da.

A través de Jorge Sánchez Zamudio, Salvador Iniestra se fue posicionando cada vez mejor. Iniestra recibía la información de sus delegaciones estatales y se la pasaba a Jorge, este la publicaba con su nombre y el efecto se producía: despidos, juicios políticos, indignación pública, presión contra funcionarios, balaceras, levantones.

En efecto, Jorge se convirtió, en *El Excelencia*, en un referente de la seguridad nacional por ser el único con acceso directo a información confidencial. Con esa gran fama regresó después a Quintana Roo, a una nueva contienda electoral de Jesús Olalde, quien iba candidatearse de vuelta, pero ahora para la gubernatura del estado. La intención de Olalde en esta nueva elección era contrarrestar presencia a Salvador Iniestra, con quien en los últimos meses se había friccionado, ya que el vocero de la Secretaría de Seguridad Nacional pretendía poner hoteles, centros de esparcimiento, varios periódicos y estaciones de radio en todo Quintana Roo, a nombre de altos funcionarios del Gobierno Federal, sin participación económica para Jesús Olalde.

Juan Armando Tavira también había crecido mucho en la confianza de Olalde y se había independizado del mando de Salvador Iniestra, por lo que fue nombrado jefe de relaciones públicas y seguridad de la campaña. En ese enroque, Salvador Iniestra logró enviar a Jorge Sánchez Zamudio para apoyar a Tavira como encargado de generar la información de la campaña con un equipo conformado por la propia Nicté y dos nuevos reporteros, Guillermo Toscano y Christopher Zarza, así como un camarógrafo, un fotógrafo y un chofer.

Olalde anunció su ruptura con el Ambientalista y también su candidatura a la gubernatura por el Partido de la Izquierda Moderna, al cual se afilió para asegurarse un arrastre masivo. Fue así que, de un día para otro, Jesús Olalde se erigió como el estandarte revolucionario del Caribe.

El riesgo de desafiar nuevamente al Partido Nacional en Quintana Roo no iba a ser cualquier cosa, por lo que Jesús Olalde decidió también contratar a un equipo de seguridad especializado en protección a candidatos, y lo hizo mediante Juan Armando Tavira, aprovechando sus contactos como excolumnista de *La Prensa Nacional* con los jefes de la Policía Judicial, no coordinados por la Secretaría de Seguridad Nacional de Iniestra, sino por el Poder Judicial del país.

Todo había cambiado. La sede de esa campaña tampoco era aquel inmueble de dos pisos de la calle Cobá de dos años antes, sino una escuela privada vacía y sucia al lado de un centro comercial en la avenida López Portillo. La política de austeridad de la Izquierda Moderna rayaba a veces en lo ridículo. Sánchez Zamudio fue enviado a dormir al Hotel Kokai con Guillermo Toscano para «reducir gastos».

Los únicos a quienes se asignó una casa fue a los seis excomandantes de la Policía Judicial que Tavira trajo, los cuales se coordinaron con Rutherford Solís, escolta personal de la familia de Olalde, de origen alemán y gran estatura.

En verdad ya no era aquella campaña municipal de pequeños vehículos sino una campaña de gigantes convoyes con camiones y edecanes, entre ellas Alejandra, la favorita de Olalde y quien junto a Rutherford Solís y su chofer, Samuel Vázquez, iba y venía con Olalde para todos lados.

Jorge la miró y la deseó.

—Ni se te ocurra —le dijo Juan Armando Tavira comprendiendo la mirada de Jorge—. Ella y las otras dos edecanes son mujeres del candidato. Si te metes ahí, te mueres.

Todo aquel equipo viajaba siempre en la misma formación:

1. Camioneta Lobo de doble plaza blanca: Olalde, Rutherford Solís, las tres edecanes y el chofer, Samuel Vázquez.
2. Camioneta Durango roja: Dos excomandantes de la Judicial Nacional.
3. Van de prensa gris: Juan Armando Tavira, Jorge Sánchez Zamudio, Nicté May, el camarógrafo y el fotógrafo, así como el reportero de apoyo en turno, Guillermo Toscano o Christopher Zarza.
4. Camioneta Durango verde con otros dos excomandantes, que se adelantaban en tramos largos para hacer recorridos de reconocimiento.
5. Activistas y miembros de las Juventudes Revolucionarias del estado de Quintana Roo en cuatro o cinco camiones rentados.
6. Camionetas y autos particulares con simpatizantes.
7. En la retaguardia, una tercera camioneta Durango negra, con los dos excomandantes restantes traídos por Tavira.

Olalde juntaba en un solo evento hasta diez mil asistentes. Era claro: Olalde tenía posibilidades de sacar al Partido Nacional de la gubernatura del estado.

Los días pasaban y Jorge no podía evitar mirar a Alejandra (hermoso cabello que provoca un desastre). Ella era la única que se reía de los apodos que Jorge había puesto a varios de aquellos comandantes que tenían prohibido decir su nombre de pila. Los coordinaba un hombrón de barba cerrada que usaba camisas de flores, una especie de Luciano Pavarotti con pistola, a quien Tavira le decía *Oso*.

Pero Salvador Iniestra no había perdido contacto con Olalde, y además de Jorge Sánchez Zamudio lo había convencido de contratar también a una mujer entrenada en las Fuerzas Especiales del Ejército ante las «amenazas» emergentes de los cárteles en Quintana Roo que estaban comenzando a reforzar operaciones en la península de Yucatán.

El argumento era irrefutable: el envío de la mujer había sido impulsado por el propio secretario de Seguridad Nacional, a petición de Iniestra.

«¿Una mujer?», se sobresaltó Olalde cuando oyó la propuesta. Iniestra argumentó que de ganarse la gubernatura se iba a necesitar una mujer que entrenara a otras para integrar una Policía Turística Femenil en Quintana Roo.

Olalde aceptó, más para salvar un poco la fractura con Iniestra que por convencimiento, a pesar de que la mujer tenía alto entrenamiento como francotiradora de élite en el Grupo Alfa Femenil de las Fuerzas Especiales del Ejército.

En efecto, era raro ver a una mujer portando un rifle de asalto FX-05 y otro de precisión M24-A3. Su presencia causó recelo entre aquel grupo de escoltas conformado por exjudiciales, porque solamente otro de los excomandantes, a quien Oso se refería continuamente como *Tejón*, tenía formación militar. Pero como el orden se imponía, se acoplaron a trabajar con ella. Con esa nueva alineación, recorrieron municipios, ciudades y pueblos de Quintana Roo.

Jorge completó los apodos de los demás comandantes para poder establecer una relación de trabajo. Les decía: *el Falso Costeño, Choche, Lince* y *Pata de Palo*. La mujer era la única con un nombre verdadero, aunque nadie sabía el apellido. Se llamaba Celeste, y solo Tavira y Olalde sabían su procedencia real.

Aquellos agentes de seguridad de Jesús Olalde vestidos de civil parecían personas normales, pero no lo eran. En uno de los primeros pueblos que recorrieron, el excomandante Lince descuidó la seguridad del candidato, por seguir de cerca a un niño maya. El pequeño había asistido, junto a su madre, a los estudios de una pequeña televisora indígena del municipio de Felipe Carrillo Puerto, a doscientos veintinueve kilómetros al sur de Cancún, conocida como *XECPO, la estrella maya que habla*.

—Qué ricas nalguitas —dijo Lince cuando vio de cerca al niño.

La televisora, a la que asistiría Olalde para ser entrevistado, contaba solo con una cámara y un operador. Sánchez Zamudio escuchó la frase, pero no hizo nada. Los demás comandantes rieron con la afirmación.

—Nunca te sentarás a una mesa de honor, comandante —le dijeron casi al unísono, aludiendo a su retorcida afición.

Hacía mucho calor y más en el centro de la selva, donde se ubicaba la televisora indígena que transmitía casi toda su programación en maya quintanarroense. El conductor de la televisora comunitaria era un mestizo de nombre Sebastián, muy respetado por la gente ya que también dirigía la radio local bilingüe. Iba a entrevistar a Olalde, y por esa razón los alrededores de la televisora eran un tumulto. Lince veía al niño como se mira a una mujer. Aquel excomandante proveniente de Tamaulipas, en la frontera norte de México, de ojos gatunos y barba entrecana, camisa de cuadros, botas y pantalones de mezclilla, no dejaba de ver las caderas de ese pequeño. Lo veía con mirada carnicera y animal, con sus ojos amarillentos que a muchas mujeres les parecían atractivos. El excomandante aprovechó que la madre del menor escuchaba embobada el discurso del candidato izquierdista y le acarició la cabeza al menor.

—Qué bonito pelo tienes —le dijo.

Mientras tanto, Olalde hablaba en traducción simultánea al maya y nadie de la campaña —ni sus edecanes, ni los de prensa— se dieron cuenta de que la transmisión no estaba llegando a las casas circunvecinas.

El Gobierno Estatal había cortado la señal desde Chetumal, la capital.

Nadie se percató de eso hasta que todos los que habían estado en la transmisión regresaron a sus casas, incluida la madre de aquel niño, a quien Lince había seguido hasta el jacal donde vivían.

La mujer encendió la televisión de su sala en espera de que las noticias hablaran de la visita de Olalde o que retransmitieran la entrevista de Sebastián, pero no fue así.

Lo único que se veía en la pantalla eran las caricaturas nocturnas que hacían que aquel niño, vigilado con deseo por Lince desde una ventana, muriera de risa todo el tiempo con aquellos monigotes...

—¿Tienes familia, hijos, un esposo?

—Mira, no creo que mi vida personal le sirva de algo a nadie. Mi vida no es mejor o peor que la de cualquier plebe. Todos tenemos vidas jodidas. ¿Acaso tú no?

—Pues sí, pero yo no tengo gran cosa que decir, además me tienen aquí para escribir de los Hernández, y para eso necesito saber más de con quien estoy hablando…

—No tengo a nadie y si lo tuviera, no te lo diría. Y menos para que lo andes divulgando tan a la ligera. Pero bueno, tal vez tengas razón. Te voy a contar lo que pienso, pero espero que no lo publiques para que luego nos rompan la madre como lo hicieron Sánchez Zamudio y el pendejo de Salvador Iniestra. Este país es una agencia funeraria donde todos los días hay muertos, así que tener una familia, no. Te repito, no entiendo a quién le sirva saber mi historia personal. Además, estar sola es una de las partes duras del trabajo, para eso le pagan a una. Si trabajar fuera bonito, a nadie le pagarían… Mira, mi historia no es importante, así que mejor sigue escribiendo sobre cómo se expandieron los Hernández y cómo se reorganizó el CIM.

—De acuerdo, pero entonces tendría que unir qué es el CIM, cómo se llevaron a cabo las elecciones en Quintana Roo, tu vida personal, y cómo se fueron encadenando las cosas.

—Pues eso no lo sé, yo no soy periodista, gracias a Dios. Lo que quiere el mando es que lo publiques, el cómo lo pones es tu problema. Pero apúrate, une lo que tengas que unir y evítate una bala en la crisma…

Junto a Celeste, los excomandantes de la Policía Judicial Nacional y el escolta personal que formaban el cuerpo de seguridad de Jesús Olalde eran:

APODO	PROCEDENCIA	ESPECIALIDAD
Oso	Ciudad Obregón, Sonora	Armas cortas y largas, logística, recuperación de rehenes, comunicaciones. Excomandante de la Policía Judicial en la Región Noroeste
El Falso Costeño	McAllen, Texas, radicado en Acapulco, Guerrero	Logística. Expolicía judicial en Reynosa, Tamaulipas
Lince	Matamoros, Tamaulipas	Armas cortas, espionaje telefónico, intervención de radiofrecuencias, protección a funcionarios
Choche	Ciudad Juárez, Chihuahua	Expolicía municipal, armas cortas. Subcomandante de la Policía Judicial en Ciudad Juárez
Pata de palo	El Aguaje, Michoacán	Excomandante de la Policía Judicial Nacional. Manejo de armas cortas y custodia de funcionarios

Tejón Aguilar	Sabancuy, Campeche	Exintegrante de las Fuerzas Especiales del Ejército, francotirador. Manejo de armamento de uso exclusivo de las Fuerzas Automotores
Celeste Ramírez	Villanueva, Zacatecas	Expolicía municipal en San Nicolás de los Garza, Nuevo León. Integrante de las Fuerzas Femeniles Especiales del Ejército. Francotiradora. Protección a rehenes
Jean Rutherford Solís	Fráncfort del Meno, Alemania	Hijo de padre alemán y madre mexicana, avecindados en Cancún. Gerente de la empresa Seguridad del Caribe. Entrenado en protección de rehenes en Haifa, Israel

Los comandantes de la seguridad de Jesús Olalde se paraban más temprano que nadie para llegar a la casa del candidato a las seis de la mañana y estar en posibilidad de arrancar la campaña en cualquier punto de la geografía quintanarroense, por ejemplo:

Chacchoben,
 Reforma Agraria,
  Ávila Camacho,
   Divorciados,
    Petcacab,
     Pedro Antonio Santos,
      Francisco J. Mújica,
       Nohbec
        y Andrés Quintana Roo.

El protocolo de seguridad cuando Jesús Olalde caminaba entre la gente era el convencional: Rutherford Solís debía cubrir su espalda y abrazarlo en caso de ataque. Tejón y Celeste, que iban en las bateas de dos camionetas, debían ajustar la mira. Los comandantes Lince y Oso escoltaban al candidato en un círculo cerrado. Lince por izquierda y Oso por derecha. Las edecanes caminaban siempre delante del candidato, tal vez como carne de cañón. Vázquez, el chofer, recibía documentos, cartas o peticiones de los ciudadanos para formar una especie de contenedor, de un segundo filtro civil que no era inocente como el de las edecanes, puesto que también iba armado. Delante de todos ellos, en la punta de un triángulo perfecto, caminaba el Falso Costeño, también como pivote falso. Pata de Palo y Choche se ubicaban siempre en la retaguardia para detectar movimientos o personas sospechosas, a las cuales detenían de inmediato, haciéndoles una revisión. Siempre avanzaban así. Vestían como cualquier persona, como cualquier asesino, y se confundían entre la gente.

Tres meses pasaron rápidos. Eventos de todo tipo fueron y vinieron. También visitaron:

> Leona Vicario y la Franja Ejidal en Cancún, Puerto Morelos, Cozumel, Playa del Carmen y Holbox. Asimismo, Buenavista, Limones, Lázaro Cárdenas, Pantera, Margarita Maza, El Progreso, Guadalupe Victoria, Nuevo Tabasco, Tierra Negra, La Ceiba, Miguel Hidalgo, Maya Balam, Blanca Flor, Buena Fe, Nuevo Jerusalén, Gustavo Díaz Ordaz, Canaán, Muyil, Bacalar, Aarón Merino, Chetumal, Río Escondido, Xcalak, El Cedralito, Sinaí, Otilio Montaño, Majahual y Felipe Carrillo Puerto.

Entre ellos había expectación. Y escepticismo. Por eso, cuando llegó el día de las votaciones para aquella segunda elección, el operativo de seguridad se radicalizó. Olalde tenía que votar cerca de su casa y se esperaba un gran tumulto de prensa local y nacional, en una situación muy diferente a la primera elección. No se descartaba un atentado, porque ya está muy visto que ser candidato es un boleto para hincharse de dinero o para hincharse en una plancha forense.

Pero a pesar de los riesgos, el sufragio de Chucho Olalde se efectuó sin contratiempo. Llegó, en efecto, una turba de periodistas. Jorge y Juan Armando Tavira atendían a Rosinda McCarthy, corresponsal del Canal TV Nacional; Jaime Alatriste de TV 12; a Blanche Petroskaya, cronista del periódico *La Labor*; y por si fuera poco, a Carlos Martín Ortiz, el viejo columnista de *Finanzas de México*, quien ahora fungía como director de la Agencia Nacional de Noticias, la central noticiosa del Gobierno Federal. No faltó José Ugarte, corresponsal de *El Universo*, y toda la pléyade reporteril nacional y quintanarroense. Y tras todos ellos: Salvador Iniestra.

El candidato votó alrededor de la una de la tarde. Evidentemente no le gustó la presencia insistente de Iniestra, con quien la relación era cada vez peor. Olalde invitó a los periodistas a comer al hotel de su hermano, ahí mismo en Cancún. El Caribe Paraíso era hermoso, tenía canchas de tenis, helipuerto y un par de centros de convenciones. Sin embargo, Olalde citó a los reporteros en una pequeña estancia acondicionada como sala de prensa. Ahí, refrescados por la brisa del mar, se esperarían los resultados de las televisoras nacionales que a las seis de la tarde informarían el resultado de sus conteos de salida.

Hacia las cuatro de la tarde, Olalde comenzó a recibir llamadas de dirigentes de cámaras industriales y empresariales, así como de los líderes del Partido de la Izquierda Moderna, que lo felicitaban de antemano y le ofrecían su apoyo incondicional. A las cinco de la tarde recibió los reportes de los jefes de las bases ciudadanas con el recuento parcial de los listados nominales. A las cinco más treinta se instaló un templete desde donde Olalde daría a conocer su discurso en caso de ser el ganador. Los reporteros estaban listos para tomar su declaración ante los resultados de las televisoras, previos al conteo oficial del Consejo Electoral Estatal de Quintana Roo.

La tensión creció.

Veinte minutos después, dieron los primeros resultados.

Y sucedió lo que nadie esperaba.

Perdieron.

¿Que para terminar de unir las historias necesitas que te cuente la mía? Cómo chingas con eso. Y más con lo de que por qué anda una mujer en esto. En otras circunstancias, por menos de esa idea ya te habría metido una bala en la cabeza, pero para que termines tu reportaje voy a contestarte. Hay quienes dicen que las mujeres que estamos en esto perdimos el respeto a todo, que no valemos nada. Tal vez tengan razón, no deberíamos andar metidas en esto, pero andamos. Nosotras no lo escogimos. La gente que piensa eso está pendeja. Ya me imagino a una niña diciendo: «Cuando sea grande no me quiero casar: quiero matar cabrones». Cuando mucho, las morrillas dirán: «Cuando sea grande quiero andar con los buchones» porque eso está con madre, pero no creo que ninguna niña sueñe con andar jalándole al gatillo. Al contrario, en esta vida ya no fue el andar bien. Y tal vez después de muertas, ya no habrá nada. Pero no importa, porque antes tampoco teníamos nada. ¿Crees que las *aguacateras* que se meten la merca en el culo o en la vagina sienten rico? Lo hacen porque no hay de otra y porque ese es su trabajo y ya. Cuando empecé en esto, a mí también me lo dijeron bien clarito: «Disfruta lo que puedas porque lo único seguro es que a ti también te van a matar». Yo se lo repito a las que están empezando a entrar al jale y que apenas tienen quince o diecisiete. Ellas lo saben. Hace poco el mando envió a unas morras mías a pelear contra la Marina. Me regresaron a una muerta, y a la otra le tumbaron el brazo a tiros que porque les había disparado «de a deveras», como si la chamaca hubiera estado ahí para jugar a las canicas. Le había costado mucho trabajo dominar el jalón de la M-16. Pero bueno, ni modo, así es este trabajo. No te creas, también tiene sus cosas positivas. Ganan bien, se compran las cosas que quieren, le mandan dinero a su familia y hasta se compran la ropa o, ya con el tiempo, el carro que les gusta. Además, aquí te encuentras cabrones de a deveras que saben romperse la madre, y no putos como en otras partes. A veces pasa que ya hasta tuviste hijos con ellos. Hay quienes dicen que las que estamos en esto perdimos el miedo, que no valemos nada, pero están equivocados, sí valemos, solo que en este negocio a una le debe quedar claro algo: si una no dispara, los de Matamoros, los de Sinaloa, los de Michoacán, los de Tijuana, los Hernández o quien sea sí lo van a hacer, y no se van a andar con mamadas…

Habían perdido y la reacción de la prensa ahí reunida fue rabiosa. ¿Va a impugnar? ¿Cómo se siente? ¿Ahora a qué se va a dedicar? Fue una mala estrategia convocarlos para atestiguar el triunfo, antes de que éste se diera.

—Debe haber un error, esto es solo un conteo de una televisora… —dijo Olalde, tratando de convencerse.

—Pero la diferencia que marca TV 12 es de siete puntos en contra suya, candidato… —dijo el enviado de esa televisora, Jaime Alatriste.

Otro reportero cambió el televisor al Canal TV Nacional de Rosinda McCarthy para ver los resultados de su encuesta de salida. El candidato pegó en la mesa: nueve puntos en contra. Un tercer reportero, el de Radio de la Península, afín al Partido Nacional, tomó el control remoto para ver los resultados de la televisora oficial de Quintana Roo, TV Kukulkán. En aquella se disparaba la diferencia: trece puntos.

No cabía duda.

—Esto está perdido —dijo Carlos Martín Ortiz, el director de la Agencia Nacional de Noticias, cuya información se replicaba en todos los diarios del interior del país. Ortiz llamó de inmediato a su jefe de redacción.

—Publica que Olalde perdió por un amplio margen. Si no te marco en tres horas, asegura que perdió.

Los demás reporteros hicieron exactamente lo mismo.

—Convocaré a una marcha de repudio si es que el Consejo Electoral Estatal me declara perdedor —dijo Olalde en voz alta—. Si se comprueba, impugnaré ante el Tribunal Nacional Electoral. Les recuerdo que estas cifras de las televisoras son solo datos preliminares...

Uno a uno, los reporteros se fueron. Ni siquiera Salvador Iniestra pudo detener las críticas y comentarios mordaces de los reporteros.

(O tal vez no le desagradaban).

La improvisada sala de prensa en el *lobby* del Hotel Caribe Paraíso se vació, exactamente como se vacían las playas de Cancún en época de frío. Nadie del equipo cercano al candidato se atrevió a hablar cuando vieron la desbandada de periodistas. Ni siquiera los excomandantes supieron qué hacer. Las edecanes se miraron nerviosas. Olvidaron el intenso calor que se sentía esa tarde de agosto. Jorge apretó los dientes tras despedir a los periodistas que abordaban sus automóviles.

—¡Nadie se mueva de aquí! —ordenó Olalde, porque algunos jefes de las bases ciudadanas ya también se enfilaban hacia la salida.

El tiempo pasó rápido mientras todas las demás televisoras expandieron como reguero de pólvora la noticia de los datos preliminares.

Y así cayó la noche, también calurosa.

Iniestra había desaparecido.

Hacia las ocho de la noche el Consejo Electoral Estatal confirmó las cifras de las televisoras. Era triste ver en internet las gráficas favoreciendo —municipio tras municipio, distrito tras distrito— al Partido Nacional.

Ni siquiera Cancún apoyaba a Jesús Olalde.

Pero, entonces, ¿por qué las bases ciudadanas le habían dado cifras favorables? ¿Realmente habían perdido? Durante meses, Olalde tuvo amplia preferencia entre la ciudadanía. ¿De dónde el anticarismático candidato del Partido Nacional en Quintana Roo había remontado en unas cuantas horas casi quince puntos?

Encolerizado, Olalde citó a todo el equipo de campaña a las diez de la noche en el Hotel Kokai, para decirles que aunque el voto no les favorecía, partirían hacia Chetumal, la capital del estado, en la Primera Gran Marcha por la Dignidad de Quintana Roo, invitando a la gente a unirse. El objetivo era tomar el Palacio de Gobierno Estatal hasta que se revisaran los votos.

Hacia las diez y media el pequeño pero cómodo Hotel Kokai estaba abarrotado. Olalde lucía pensativo y decía que iba a demostrar que había ganado. Pidió de beber e hizo un brindis para agradecer el apoyo. Todo mundo lo secundó, excepto Adolfo Peniche, su jefe de finanzas, hijo de un oscuro empresario hotelero de Quintana Roo, quien desde la primera campaña conseguía el dinero para Olalde por vías que nadie sabía y quien debía conseguir recursos para la nueva aventura del candidato.

Cerca de las once y cuarto los noticieros locales informaron de la Gran Marcha que preparaba Olalde. Nadie supo quién filtró semejante información que se acababa de generar apenas unos minutos antes.

A las doce con diez Peniche habló con Juan Armando Tavira y con Jorge Sánchez Zamudio para comunicarles que ellos mismos se verían precisados a mover sus contactos para que la prensa informara de la Marcha porque, al menos por su parte, no habría recursos suficientes para llevar a ningún reportero durante el recorrido que planeaba el excandidato.

Jorge estaba analizando cubrir ese aspecto con comunicados de prensa cuando un convoy de camionetas de la policía estatal —torretas azul, rojo, rojo azul, azul rojo— rodeó el hotel. Los comandantes se pusieron en alerta máxima. Celeste sacó un rifle de una maleta. Rutherford Solís se acercó al candidato, el resto de los comandantes empuñaron sus pistolas Colt, Browning, Magnum, Beretta y Glock. Tejón había quitado ya el selector de tres tiros de su AR-15, listo para repeler la agresión, si recibía la orden.

(Atrás de ellos se apagó la música. Hubo tensión).

Las cerca de quince camionetas de los estatales activaron la sirena cuando pasaron frente a Olalde. Luego viraron en *u* en un retorno cercano, provocando y amenazando.

Los jefes de las bases ciudadanas se apelmazaron al fondo justo cuando los estatales pasaron apuntando frente a Olalde, quien solo apretó los dientes, mientras los comandantes quitaban el seguro a sus cargadores.

Nadie esperó que Adolfo Peniche, ya con varias copas encima, gritara con todas sus fuerzas:

—¡Pinches policías culeros, ganamos, putos, y ustedes se chingan!

Cuando lo dijo, el viento se contrajo, las camionetas de la policía se detuvieron en seco como un pelotón que se solidifica ante la orden de su sargento. Cortaron cartucho. Sin embargo, ninguna bala salió de sus fusiles porque, quizá, la orden era otra. En el Hotel Kokai nadie levantó la voz. Solo se escuchó la risa de Peniche que decía:

—Están cagados de miedo.

Los estatales se llevaron la mentada de madre puesta. Con resignación marcial, las camionetas reanudaron su marcha.

Dos días después, como se previó, arrancó la Marcha por la Dignidad de Quintana Roo. Miles de personas se unieron a Olalde. Eran ríos de gente: niños, mujeres y adultos, quienes gritaban consignas por calles enteras hasta el comienzo de la Autopista Cancún-Chetumal, donde se ubican una enorme gasolinera y una tienda de conveniencia, cerca de la Central de Abastos. Era el kilómetro 13 + 800. Ahí, a la salida de Cancún, los mismos policías estatales que habían cortado cartucho apenas unas horas antes volvieron a aparecer.

Pero tampoco dispararon. Solamente escoltaron al contingente por un rato.

La tensión sirvió para algo. Para que Celeste y Jorge Sánchez Zamudio se hablaran por primera vez.

Y es que solo en los momentos más extremos es cuando se rompen las más grandes barreras y se generan los más desafortunados encuentros…

—Pero insisto, ¿cómo comenzaste en esto? Sé que no quieres hablar de ello, pero sin eso cómo terminar la historia...

—Ya te dije que mi vida no le importa a nadie, pero para que ya dejes de estar chingando, te voy a dar algunos datos generales. Mi historia la puede vivir cualquiera porque desde chica tuve que ver la manera de ayudarle a mi mamá. Cuando una crece se da cuenta de que cada quien vive como puede, ¿no lo crees? Claro, seguro tú no has estado en esa situación. ¿Por qué lo digo? Pues porque en un pueblo como Villanueva, Zacatecas, donde yo nací, no hay muchas opciones más que sembrar, *mercar*, irte a Estados Unidos o chuparle la verga a algún viejo rico para sobrevivir. Qué te cuento, mi mamá, como muchas, tenía sus ires y venires con otros hombres. Mi papá se hartó de eso, o le valía madres, y se largó a Estados Unidos. Después de eso, lo único que se le ocurrió a mi mamá para sobrevivir fue poner un puesto de comida, a la orilla de la carretera a Guadalajara. Y le funcionó la idea porque estábamos bien ubicadas. Yo tendría unos dieciséis años por entonces, y como te dije, sabía que mi mamá se acostaba con varios de los clientes, pero fue un vendedor de cerveza quien le ofreció algo dizque bien, a diferencia de los demás ojetes que solo querían cogérsela y comer de a gratis. Cada que él llegaba, mi mamá me dejaba atendiendo las mesas, calentando los caldos, haciendo los burritos, cobrando, y se iba a su camión. Él la ponía con las piernas alzadas sobre el volante como a una puta y tal vez eso hizo que los demás camioneros pensaran que yo también lo era. A cada rato me ofrecían dinero. Todo eso era pasable, hasta que un día el novio de mi mamá tuvo el descaro de ponerme su cosa en las manos y me dijo: «Llégale al mismo vicio de tu mamacita». Era un gran hijo de puta, pero lo que más me da coraje es que mi mamá lo veía como a un santo. El ojete un día esperó a que ella no estuviera para arrastrarme hasta el camión y darme un madrazo que me hizo ver luces; por eso no reaccioné hasta que me estaba metiendo su verga asquerosa. Yo sentí mojado y pensé que me había orinado, pero no era eso sino que estaba sangrando y me dolía. Quise zafarme pero no me podía mover; por eso me esperé hasta que me dijo: «Estás más rica que tu mamá». Ahí fue cuando pesqué un machete que yo sabía que tenía debajo del asiento y le alcancé a dar en la cabeza. Berreó como un puerco. Varios hombres quisieron pegarle pero él solamente dijo: «Su mamá me robó dinero, yo nada más le estaba cobrando». Cuando lo llevaron al hospital, ella me agarró de los pelos y ahí, enfrente de todos, me dijo que yo era una puta y que si quería hombre que lo buscara por mis propios medios, que para eso tenía yo tetas y nalgas, y que estaba hasta la madre de mí, y que a ella ningún hombre la iba a abandonar y menos por una pendeja como yo, que la dejara en paz, que ella nunca había querido tener a una mujer de hija porque en lugar de que la mantuvieran, ella me tenía que mantener a mí, y que yo era una puta y una estúpida. Yo comencé a llorar, claro, porque estaba muy chiquita, y lo único que se me ocurrió fue pedirle a otro camionero que me llevara a San Luis, Aguascalientes, o bien, a Guadalajara, o al último pinche lugar del mundo, pero no, el hombre jaló para Zacatecas capital, ahí muy cerquita, y pasó la desviación para la pirámide de La Quemada, con hartos matorrales secos y amarillos en el camino, donde tuve que masturbarlo como pago para que me llevara hasta

Monterrey, y donde llegando me puse a caminar como una pendeja por el centro, luego por la Macroplaza y por el río Santa Catarina, hasta que me recogieron unos patrulleros y me llevaron a un albergue. Las trabajadoras sociales a fuerza querían que denunciara a quien me había violado, pero cuando lo hice me dijeron que no iba a pasar nada porque el delito se había cometido en Zacatecas y ahí era Nuevo León, y que me regresara a ponerla en Villanueva. Días después me salí del albergue y le pedí a unas señoras de un mercado un poco de comida y ahí fue que me quedé porque me ofrecieron trabajo, haciendo lo mismo que con mi mamá, burritos, caldos y licuados, a los que siempre les quitaba un poquito para llenar un vaso grande y llevármelo de cena a la vecindad en donde las señoras del puesto me rentaban un cuarto en una azotea. Por eso te digo que una nunca escoge su destino, porque a veces pienso que si aquel camionero se hubiera ido directo hasta Saltillo o Nuevo Laredo, yo estaría en otra parte y no aquí enfrente de ti, con mi pistola amartillada, porque luego de un año y medio conocí a Ramón en el puesto de comida. Él era policía municipal de Monterrey, y como se enamoró de mí, nos hicimos novios. Yo acepté porque extrañaba sentir que le importaba a alguien, y eso no lo sentía desde la secundaria cuando mis amigas y yo nos poníamos vestidos para caminar en sentido contrario al de los muchachos en la plaza principal de Villanueva, enfrente de los portales. Teníamos que aguantarnos la risa, porque si te sonreías con ellos significaba que les estabas dando entrada y pues no. Eso sí, nos poníamos rosas en el pelo para llamar su atención. Yo tiré una vez la rosa al piso para que un chico la levantara. Se llamaba Santiago. Después de un tiempo me dijo que le iba a decir a sus papás que fueran al negocio de mi mamá para hablar de un casorio, pero ella me pegó porque dijo que no quería problemas. Ya después, desgraciadamente nunca supe del tal Santiago.

—Entonces estuviste enamorada dos veces, ¿lo estás ahora?

—¿Quién va a querer estar con una mujer que al otro día puede amanecer muerta? Mira, te voy a contar algo. Poco después de que conocí a Ramón, el policía, le ofrecieron ser sargento en San Nicolás de los Garza, municipio conurbado de Monterrey. Y como ya vivíamos juntos, pues nos cambiamos de casa. Así duramos dos o tres años en los que no me embaracé, pero luego se vino la guerra de los cárteles por la plaza de Monterrey. Los de una organización operaban la zona metropolitana de García, Santa Catarina, Santiago, Juárez, Apodaca y Escobedo, y los de la otra, en San Pedro Garza García, San Nicolás de los Garza, Guadalupe y el Monterrey mismo. Ramón me decía que debíamos disfrutar porque cualquier día podía aparecer muerto por ahí, como finalmente pasó cuando lo colgaron de un puente en la Avenida Constitución, cerca de las oficinas de la cementera. Sus jefes los habían mandado al matadero, según me dijo su compañero de patrulla después, porque apenas pasaron debajo del puente les tiraron a matar. Su compañero me dijo luego que los narcos que los habían atacado pertenecían a los Hernández y que lo habían hecho para mandar un mensaje a las corporaciones policiacas que controlaban el centro de Monterrey. Por eso aproveché las ganas que el alcalde de San Nicolás tenía para cogerme y me metí al reclutamiento. Solicitaban mujeres para fortalecer el plan municipal de seguridad y no lo pensé. Yo misma me presenté aun sabiendo que tendría que acostarme con él, porque me traía ganas desde que yo acompañaba a Ramón a los eventos para los policías de Monterrey. En mi ingenuidad pensé que así me toparía con los narcos que habían matado a Ramón y hasta acepté entrar al Ejército como tiradora, a recomendación del alcalde, porque además ahí había mejor sueldo. Pero no era por el dinero, quería prepararme para cuando llegara la hora de poder vengar a Ramón, porque él fue el único al que realmente le importé.

Por eso también le entré al CIM cuando llegué a Cancún. Necesitaban reforzar la seguridad de un candidato, y por olvidar todo lo que había pasado en mi vida, acepté. Me habían dicho que si todo funcionaba, entrenaría a policías mujeres para un cuerpo femenil turístico, y la verdad, la idea me agradó por aquello de que Cancún es un lugar bonito. Yo nunca pensé que iba a ser el infierno que fue, porque sin saberlo yo le estaba sirviendo a los Hernández. Y esa es la historia que tienes que escribir antes de que te demos bajón o de que te ganes tu libertad, así que empiézale a trabajar. Yo ya hablé demasiado de mí.

—Está bien, empezaré a hacerlo... Ya tengo suficiente material...

La parada en aquella gasolinera a las afueras de Cancún provocó que Jorge y Celeste se sentaran por primera vez cerca para descansar un poco. Al encontrarse las miradas hubo rechazo. Celeste supo de inmediato que aquel periodista no era una buena persona. Era el primer día de la Marcha y cientos de personas comían con Olalde en plena banqueta. Celeste escaneó a Jorge Sánchez Zamudio. La exmilitar terminó su *fast food* y regresó a su puesto, sobre la batea de la camioneta que conducía Vázquez. La gente se había metido incluso debajo de los autobuses para escapar de los rayos del sol y el calor. Jorge aprovechó para revisar el buzón de voz en su teléfono. Tenía varios mensajes.

«Hijo, ¿cómo estás? Estoy preocupada por ti. Háblame cuando puedas. Olga.»

«Jorge, ¿dónde andas? Márcale al gobernador, es amigo mío, ya sabe que estás con Olalde. Él entiende que ese es nada más tu trabajo. No comprendo por qué te metiste en esto, pero bueno, tú sabes lo que haces…»

El mensaje de don Abel no le causó gracia. Un tercero lo hizo enojar más.

«Soy Diego, tu hermano. No chingues, Jorge, ¿cómo que andas de nuevo con el pendejo de Olalde? Tú no entiendes, cabrón. ¿Ya sabes que ya perdieron, con todo y su Marcha? ¿Ya sabes que el Tribunal Nacional Electoral no va a pelar a tu bola de *loosers*? Bueno, Jorge, sabes que te quiero, cabrón…»

Jorge borró los mensajes. Tenía ganas de usar la FX-05 que siempre traía Celeste y meterle un tiro en la cabeza a cada miembro de su familia. Poco a poco, las más de cinco mil personas que los habían seguido se fueron, hasta quedar solo unas mil. Jorge mandó un boletín de prensa sobre el exitoso arranque de la Marcha por la Dignidad de Quintana Roo con una foto que mostraba a una indígena maya apoyando a Olalde, con su bebé a la espalda.

El segundo día de la Marcha, el contingente arrancó con rumbo a Puerto Morelos, a veintitrés kilómetros al sur de Cancún, con la noticia de que cientos de indígenas habían tomado las cuatro principales carreteras de Quintana Roo: la Cancún-Mérida, la Cancún-Chetumal, la Polyuc-Dziuché, y la Chetumal-Campeche, en las inmediaciones de Nicolás Bravo.

Cuando Tavira se enteró de la toma de carreteras, mandó de inmediato a Jorge a la Cancún-Mérida con una comitiva formada por Nicté, el fotógrafo Héctor Cruces, Guillermo Toscano y el camarógrafo Isaac *el Negro* Castro.

Cuando llegaron a ese punto, había una larga fila de autobuses de carga y coches de turistas. Montones de alambres de púas, troncos y piedras, impedían el paso. Jorge ordenó al chofer dejar suficiente espacio entre su vehículo y el de enfrente para dar vuelta en *u* si algo pasaba. Se bajó con el camarógrafo y Héctor Cruces. Caminaron unos sesenta metros y un grupo de indígenas les cerró el paso. Traían machetes y palos y les exigieron ver sus identificaciones. El Negro sacó su credencial de TV Kukulkán, Héctor Cruces la de la revista *Procedimiento* y Jorge la de *El Excelencia*. Los indígenas dijeron que habría problemas por ser parte de la prensa vendida que le había quitado el triunfo a Olalde.

—Un momento —dijo Jorge—, nosotros trabajamos para Chucho —pero la frase no fue suficiente para detener el golpazo que le dieron en el estómago, agresión que solo se detuvo por la intervención del coordinador de las bases ciudadanas, quien había aparecido como por arte de magia.

Aquel cierre de carreteras complicó la situación legal de la Marcha y de inmediato le restó a Olalde simpatías entre las clases altas.

Esa tarde el candidato autorizó ir a casas y hoteles en Cancún para darse un baño y regresar a las seis y media del día siguiente para reanudar la Marcha a las ocho y avanzar con el fresco de la mañana hacia Playa del Carmen, a sesenta y ocho kilómetros al sur de Cancún.

El tercer día Olalde tomó la punta del contingente. No se detenía hasta completar tramos de cinco kilómetros. Las edecanes los alcanzaron hasta las once de la mañana, causando molestia porque irrumpieron en aquel mundo de rostros quemados por el sol con la fuerza de un *show* de mujeres desnudas en un campo de guerra. Traían faldas cortas y blusas escotadas. Cuando el candidato las vio, enfureció.

—Vienen vestidas como unas putas —dijo el excandidato, y ordenó que se pusieran una playera de la campaña encima y que caminaran junto a los de prensa—. Cabronas, lo están haciendo a propósito…

Olalde iba con tenis, *short* y sombrero, empapado de sudor, rojo como un betabel. A cada rato se orillaban autos con logotipos de radiodifusoras o televisoras, cuyos reporteros y camarógrafos lo entrevistaban continuamente. También llegaban empresarios y emisarios políticos, que avanzaban con él cien o doscientos metros y regresaban a sus vehículos para llevar noticias a sus jefes.

La orden de Olalde de que las edecanes caminaran junto al equipo de prensa facilitó las cosas para Sánchez Zamudio. No podía dejar de verle las nalgas a Alejandra y lamentaba haberse cogido apenas unas horas antes a Nicté en el Kokai. La pregunta de qué lo había llevado a acostarse con la pequeña reportera maya, cuando a quien realmente deseaba era a Alejandra, no tenía respuesta.

Las otras dos edecanes eran Renata, morena de dientes saltones, mal hablada con senos redondos y piernas delgadas; y Esmeralda, pelo rubio, trigueña, cara sin chiste, pechos grandes y mirada traicionera, sin embargo, por su semblante y su posición social, Alejandra era muy diferente de aquellas dos. Era sobrina del secretario de Gobierno del Ayuntamiento de Cancún, quien había trabajado bajo las órdenes de Olalde. Reflejaba educación. Solía incluso saludar a la esposa del candidato de una manera tan natural que ponía en duda que en verdad acostumbrara a encerrarse con él y con las otras dos edecanes a hacer orgías en el Caribe Paraíso, como se rumoraba. Era discreta y ese era su encanto. Solía tomar a Olalde del brazo como una hija que pide consejo a un padre. Nunca lo abrazaba en público, como lo hacían Renata y Esmeralda. En cambio, en la cama era insaciable. ¿Qué hombre en su sano juicio podría resistirse al banquete de mirar a aquella chica delgada, de caderas escurridas y ojos color aceituna, lamer la vulva de Renata mientras Esmeralda besaba a Olalde? ¿Qué hombre podría dejar de mirarlas cuando pedían ser penetradas en fila y olvidaban por un momento tantos saludos y sonrisas de niños mugrosos de Cancún o Quintana Roo durante las giras?

Esa noche, a las afueras de Playa del Carmen, municipio de Solidaridad, y con la gente sofocada por el calor húmedo de la Riviera Maya semejante al vapor de una olla de agua hirviendo, el campamento de Olalde se volvió un espectáculo extraño, como el de un enorme circo que desafía al ambiente. Continuaban en la Marcha cerca de mil simpatizantes del partido y no había baños. Casi todo mundo se iba a dormir. Sánchez Zamudio se metió entre los matorrales lejos de la carretera, y sin planearlo, vio a las tres edecanes orinando. Las vio y su deseo por Alejandra creció. Cuando aquellas mujeres salieron de los arbustos, Jorge prometió cogerse a Alejandra a como diera lugar. Cuando la gente ya estaba instalada en sus tiendas de campaña, una camioneta llegó. Era Mario Arturo González Gabalda, aquel periodista que había llevado a Sánchez Zamudio a Cancún y a quien Olalde había corrido por robarse dinero. Venía acompañado de Adolfo Peniche. González Gabalda, quien por lo visto no había desaparecido del todo, quería decirle al candidato que en la capital, donde se encontraba refugiado, las cosas no estaban bien. Le habían congelado la cuenta de nueve millones de pesos en la que acumulaba el desfalco a la Presidencia Municipal impulsado por el propio Olalde, por tanto ahora solo contaban con los recursos que pudiera aportar Peniche o lo que Iniestra quisiera dar. González Gabalda había ido a despedirse de Olalde porque se largaba a Cuba para que no lo detuvieran.

—Espero que lo que me estás diciendo sea cierto, porque si te estás fugando con mi dinero, yo mismo iré a buscarte a donde estés para romperte la madre —le dijo el excandidato.

González Gabalda desapareció como vino. Al otro día, la Marcha partió hacia Puerto Aventuras, a veintiún kilómetros al sur de Playa del Carmen. Atravesaron Xcaret, Pamul y Akumal. De Puerto Aventuras partieron a Xel-Ha, donde el número de seguidores se redujo de mil a unas setecientas personas, debido a que ya habían entrado a zonas propias de la selva, donde no hay más que hoteles gringos o japoneses con entradas exclusivas, antes propiedades ejidales. También los reporteros locales y nacionales dejaron de entrevistar al candidato.

Antes de llegar a Xel-Ha, Olalde se pasó las dos o tres horas de la caminata hablando por celular. Mentaba madres y apagaba de golpe el teléfono. Parecía estar buscando más dinero, para no depender solamente de los recursos de Iniestra o de los de Peniche, ya que había un gran riesgo de que la Marcha cayera en el ridículo más grande de la historia de Quintana Roo por falta de recursos para financiarla.

De pronto, Olalde ordenó parar. El calor húmedo cercano a los cuarenta grados agotaba. El candidato decidió acampar ahí y reunirse con los principales jefes de la caminata (Tavira, Sánchez Zamudio, Oso, Rutherford Solís, el chofer Vázquez, los cinco jefes de las bases ciudadanas, así como su hermano, el presidente municipal de Felipe Carrillo Puerto, quien a ratos lo acompañaba).

Les explicó que seguir adelante representaba muchos riesgos porque las cuentas que financiaban la Marcha habían sido bloqueadas, el dinero escaseaba y nadie quería meterle más al «virtual perdedor» de la gubernatura de Quintana Roo. Mientras conseguía más recursos, se iba a recortar la gasolina, la transportación y la comida.

Los mandos de la campaña supieron bien que seguramente se avecinaba un pequeño infierno y que, una vez en el corazón de la zona maya, entrarían en una especie de túnel del tiempo sin regreso al mundo civilizado.

Olalde autorizó un alto en el avance de la caravana con el objetivo de que quienes no estuvieran convencidos no siguieran; y los que sí, se tomaran un descanso regresando momentáneamente a Cancún pues una vez más allá de Tulum, el siguiente punto por visitar, iba a ser imposible el regreso.

Al final se fueron todos, excepto Jorge. Él era el único que se había quedado junto a las inamovibles bases ciudadanas y los comandantes.

No se había ido a Cancún ni a ninguna parte.

Estaba solo, como un perro.

Esos ojos amarillos siempre le trajeron suerte, incluso para conseguir la placa de oficial «C» de la Policía Judicial Nacional con sede en Matamoros, por donde pasa cerca del sesenta por ciento de la cocaína de México, así como cualquier vehículo con inmigrantes mexicanos o centroamericanos que se exportan para el Gabacho. Las rutas siempre habían estado negociadas y jamás hubo un pleito, excepto cuando los Hernández comenzaron a calentar la plaza y Lince tuvo que salir huyendo de Tamaulipas para refugiarse en Quintana Roo, en la campaña de Jesús Olalde. Antes de eso, Lince dirigía a ocho o nueve judiciales encargados de capturar a los rivales de la organización local, el Cártel de Matamoros. Casi siempre esos rivales eran sinaloenses, juarenses o tijuanos, que se aventuraban a conquistar territorios, pero que pocas veces triunfaban. Cuando los muchachos de Lince ganaban esos enfrentamientos, el jefe de prensa de la Delegación de la Policía Judicial Nacional convocaba a los reporteros y se daba la noticia de que se estaba limpiando a Tamaulipas del narcotráfico que amenazaba la seguridad de la entidad. El gobernador, el procurador y el jefe de la Policía Judicial quedaban siempre como héroes y todos contentos. Eso sucedió hasta que los Hernández decidieron tomar Tamaulipas. Ahí fue cuando Lince —con todo y sus ojos amarillentos que les arrancaban suspiros a algunas mujeres, a pesar de que a él solo le gustaban los niños— no dudó en desertar de la Judicial y en desaparecer del mapa para no ser víctima de las persecuciones cada vez más constantes y sangrientas. Sobre todo porque era muy fácil dar con él en su calidad de comandante, pues era amigo de políticos y funcionarios a los que suministraba menores de edad que se quedaban varados en Ciudad Victoria, Camargo, Mier o Reynosa en su intento de llegar a Estados Unidos. Pero no todo era ilegalidad porque también cumplía con lo que le mandaba la ley cuando dirigía operativos de decomiso de piratería, ropa o electrodomésticos que venían de Florida o Texas. De ahí no agarraba ni un peso, porque no le hacía falta. El *chivo* venía de otra parte: del dinero que le pasaba el jefe del Cártel de Matamoros al procurador en turno. Y este a su vez, a los comandantes como él y a sus agentes. No era una lana de a gratis, sino para que trabajaran bien, para asegurar que cuando el líder del Cártel de Matamoros quisiera deshacerse de un objetivo, nadie se opusiera. Y tenía que ser así. Ninguna otra policía tenía el fuero federal para desarmar a las policías municipales y hasta las estatales que pretendían recuperar al objetivo que los de Matamoros se querían chingar. Fue así como Lince se vio en medio de una guerra entre judiciales, expolicías de caminos y rancheros contra soldados, policías municipales y estatales. El Cártel de Matamoros *vs.* los Hernández. A Lince le tocaba instalarse con su gente en el área del levantón, abrir su maletín de captación de frecuencias y escuchar cuando se acercaban los municipales afiliados a los Hernández que pretendían rescatar a algún compañero que iba ser ajusticiado. Lince les marcaba el alto, atravesaba sus unidades y les indicaba que el asunto era federal, que no se acercaran, que el área ya estaba «controlada». Y de muchas maneras lo estaba porque los municipales o estatales sabían que se estaban metiendo en camisa de once varas si le disparaban a los judiciales nacionales.

Pero como siempre sucede, todo cambió, justo como aquella ocasión en la que a Lince le encargaron halconear a un objetivo *pesado* de los Hernández que viajaba solo y que se estaba reuniendo con el gobernador y con otros contactos. Lince llegó con su subcomandante a la casa donde aquel hombre se ocultaba, y ordenó que se separaran, uno debía estacionarse en el ala norte y el otro en el ala sur. Sus vehículos no traían placas ni logotipos. Lince sacó su maletín, que podía localizar y grabar conversaciones a quinientos metros a la redonda, y ubicó de inmediato quién entraba y quién salía, pero se le empezó a hacer raro que un hombre en bicicleta pasara muchas veces cerca de él y que la mujer de la tienda de la esquina le hiciera muchas preguntas al comprar cigarros o refrescos. Se le hizo aún más raro ver a señoras mayores hablando por celular y a un vendedor de paletas de hielo aparecer en el horizonte, en plena tarde, cuando el calor tamaulipeco desciende de golpe. También le pareció extraño que las conversaciones telefónicas de las casas de los alrededores enmudecieran de pronto. Al fin se dio cuenta de que el que estaba siendo halconeado era él y que el objetivo ya se había ido desde hacía mucho rato saltando las barditas pintadas de verde pálido o rosa mexicano de apenas un metro de altura que tanto se acostumbran en los pueblos costeros o desérticos de Tamaulipas. El paisaje cambió de hombres sospechosos en bicicleta, paleteros y tenderas platiconas, a un paisaje sin una sola alma a lo lejos, porque de pronto la gente desapareció. Y fue muy evidente porque mientras cerraba el maletín con el escáner de radiofrecuencias, vio dos camionetas *rana* —tipo militar—, que levantaban toneladas de polvo, con hombres armados dirigirse a toda velocidad hacia él por la calle del fondo. En medio de las ranas iban tres suburbanas de vidrios polarizados. Lince preparó su Browning 9 mm, pero no fue capaz de disparar al sentir un bulto caer desde una de las suburbanas. El cuerpo rodó muchas veces y pegó en su puerta. Los hombres a bordo de las ranas, vestidos con uniformes pseudomilitares y boinas, como las de los kaibiles de Guatemala, le apuntaron. Eran gente de los Hernández. Luego desaparecieron como vinieron. Lince se limpió la tierra que se le había metido en la boca y los dientes. Fue entonces cuando se dio cuenta de que algo había cambiado en Tamaulipas: que los Hernández, cártel compuesto en su mayoría por indios patarrajada —exmilitares, policías de todas las corporaciones o custodios de valores—, se estaban expandiendo por todo México y habían llegado ya a aquel estado para apoderarse de las actividades que antes les pertenecían solo a los tamaulipecos. Tenían inteligencia, táctica y estrategia. Había marcialidad en los movimientos de aquel convoy que había arrojado el cuerpo de su compañero. Cuando Lince bajó de su auto para inspeccionar aquel bulto, abrió sus enormes ojos de gato, ya que en lo profundo de la boca, de la cabeza casi cercenada de su propio subcomandante, podía observarse un papel. «Ahora vamos por ti, pinche pederasta de mierda». Lince recordó las torturas que él mismo había aplicado a los enemigos del Cártel de Matamoros, pero nunca había visto una cabeza casi suelta, colgando del tronco por hilos de carne.

—Puta madre —dijo.

Retrajo el cañón de su pistola Browning y se la puso entre los güevos. Por primera vez en mucho tiempo se sintió menos. Supo también que cualesquier Policía Federal o Judicial, por muchas 9 mm o subametralladoras Uzis que tuviera, nunca iba a poder contra toda una fuerza semimilitar que podía organizar, como lo acababa de ver en los Hernández, a todo un pueblo de informantes y actuar tan rápido como para *levantar* a un policía armado, casi cercenarle la cabeza y arrojarlo frente a él.

Lince puso su escáner de radiofrecuencias debajo del asiento y guardó su pistola, que ahora le parecía como de juguete. Pisó el acelerador hasta encontrar la carretera Matamoros-Tampico-Pánuco. Planeaba no dejar de manejar hasta llegar a Quintana Roo. Era hora de huir. De aceptar la propuesta de aquel judicial de Sonora que lo había invitado a sumarse a la campaña de un candidato desdibujado de Cancún. Si las cosas se ponían pendejas, podía largarse a la frontera con Belice y buscar a sus amigos que pasaban fayuca por tierra y por mar hasta Miami. Cuando pasó por Soto La Marina, tomó su celular y marcó.

—Llego este fin de semana —le dijo Lince a Oso—. No importa la paga. Me voy contigo a cambio de algo. Ayúdame a que el jefe de periodistas de tu campaña, el tal Tavira, ese que conociste allá en Sonora, mande escribir acá en Tamaulipas que me mataron en un operativo. Mis jefes van a entender el mensaje. Del cuerpo no te preocupes, el forense se las arregla con algún migrante: que le meta dos o tres tiros ahí en la plancha y ya está. También voy a mover a mi familia y a vender mis casas.

—Chingón —dijo Oso en Cancún.

Treinta y seis horas después, Juan Costilla Cárdenas llegó a Quintana Roo a bordo de un automóvil sin placas al que nadie detuvo a lo largo de toda la costa del golfo de México, porque a los agentes de la Judicial Nacional no se les puede parar en ninguna de las carreteras, siempre y cuando estén en pleno ejercicio de sus funciones.

Los primeros que aprovecharon el descanso que había autorizado el candidato en las inmediaciones de Xel-Ha fueron Celeste y Tejón, a cuyo mote el comandante Oso le agregaba el apellido Aguilar, como si lo conociera de antes. Aparte de Jorge y las bases ciudadanas, en el campamento quedaron de guardia Pata de Palo, Choche y el Falso Costeño. Celeste y Tejón Aguilar tomaron una de las Durango de la campaña, se enfilaron hacia Tan-Kah y luego a Cobá, con rumbo a Yucatán. Todo mundo pensó lo obvio: que debido a su pasado común en lo militar, aprovecharían para revolcarse en algún hotel de Valladolid, pero no, no iban ahí, ni a eso, sino a Tizimín, donde habría una carrera de caballos traídos de Cosoleacaque, Villarín, San Rafael y La Gomera, Veracruz.

Esta era la actividad predilecta de un amplio sector de exmilitares de élite, empresarios y políticos de alto rango en la región. Tejón Aguilar tenía invertidos algunos miles de pesos en un par de esos caballos y quería aprovechar la carrera para presentar a Celeste con tenientes, coroneles y varios generales que él había conocido cuando formó parte de las Fuerzas Especiales del Ejército y que Celeste desconocía. Aquellos caballos le habían dado muchas ganancias y amistades. Y también muchos enemigos.

Llegaron al hipódromo clandestino, ubicado bastante lejos de la tradicional Feria Ganadera de Tizimín. Tejón presentó a Celeste. A él lo saludaron con familiaridad y como si lo estuvieran esperando. En cambio a ella la *barrieron*. Le miraron las tetas y el culo. La descalificaron de inmediato. Su cuerpo cuadrado, de hombros anchos y nalgas escurridas no les llamó la atención. ¿Acaso esperaban una modelo? Solo los más viejos la encontraron deliciosa. Y estos, como es natural, fueron muy amables con ella. Todos sabían que Celeste acababa de egresar de la fuerza femenil de élite como tiradora y sabía usar el MSR, el XM2010, el M24-A3, el Morelos, el G-3, el Barrett 50, y el Remington 700 de alta precisión. Sabían también que había sido comisionada a guardar la seguridad del candidato de Izquierda en Quintana Roo, Jesús Olalde, por el propio secretario de Seguridad Nacional.

La carrera clandestina iba a empezar. Apostarían políticos de Yucatán y Veracruz contra militares de Campeche y Quintana Roo. Un general viejo, a quien el cuerpo tosco de Celeste le encantó, la miró fijamente y le dijo:

—Siendo francotiradora, entonces usted debe tener un gran ojo para todo… Si es así, ¿qué caballo me recomienda? Dígame cualquier nombre y a ese le apostaré todo mi dinero…

Hubo tensión porque los militares y políticos no acostumbraban a apostar poco. Se jugaban cuarenta mil dólares. Erróneamente Celeste mencionó el caballo del que Tejón le había hablado tanto durante el viaje, el Rojo. El general perdió todo su dinero, pues el Rojo quedó en tercer lugar.

Fue un augurio de cómo se presentarían las cosas. Pero también el lugar y el momento idóneo para indagar bajo un pretexto inmejorable todo sobre la campaña de Jesús Olalde. Aquel general, por tanto, no le tomó importancia al monto que había perdido.

—Y usted que anda con el señor Olalde, señorita Celeste —dijo el general—, ¿qué opina de su marcha? Dicen que Chucho tiene la capacidad de convocar a una revolución maya en todo Quintana Roo, Yucatán y hasta Campeche, aquí la tierra de nuestro buen amigo Enrique, el mejor tirador que ha dado Sabancuy.

La pregunta del general de Escárcega tomó por sorpresa a la muchacha, quien escuchaba por primera vez el nombre de pila y el lugar de nacimiento de su compañero.

—Creo que el candidato debería aprender a perder… —dijo Celeste.

Se hizo un silencio, seguido de las carcajadas de los generales y militares de Mérida, Macuspana, Chetumal y Villahermosa, así como de los políticos de la región.

—Esta mujer sí sabe lo que dice —comentó un coronel joven.

Celeste pidió permiso para ir al baño, para destensar la situación. Aunque traía pantalón caqui, los viejos militares no dejaban de verla.

—No está mal la perrita —dijo uno de los generales al oído de Tejón Aguilar, quien solamente sonrió.

—Pues usted nada más pida, mi general…

—La ha de mamar bien rico. Y con esa carita de princesita azteca mejor ni le digo, no vaya a ser que pase de quitarse mi verga de la boca a meterme un tiro de calibre 338 en el culo, con eso de que es la «gran tiradora»… Es más, se me ocurre que tal vez pueda ser la primera mujer que apruebe el curso de jungla. ¿Qué tal si la mandamos? Ya ves, tú lo aprobaste, aunque casi te comen los lagartos y eso que eres de Sabancuy…

Tejón Aguilar únicamente torció la boca de manera disimulada, pues el general se refería al entrenamiento militar especializado en contraguerrilla de Guatemala, que consistía en atravesar a nado un río infestado de caimanes, con rifle, municiones, cobija y casco a cuestas. El candidato a graduarse debía permanecer dentro del agua, ingiriendo ahí mismo su comida con los consabidos calambres en el abdomen o aguantarse las ganas de vomitar por el choque de temperaturas. Y en efecto, ninguna mujer había sido propuesta nunca para cursar dicho entrenamiento. En México solo veintisiete hombres de la Armada y el Ejército lo habían logrado. Tejón había sido uno de los que mayor puntaje había obtenido en el agua, acostumbrado desde niño a nadar en la laguna y en los esteros de su natal Sabancuy, por lo que sabía bien que antes de atravesar a nado debía aventar una carnada y esperar a que los caimanes se sumergieran con él, apurándose a nadar porque tales alimañas aguantaban más de una hora sin respirar debajo del agua y más cuando estaban comiendo. Tejón también salió alto en otra disciplina, la de francotirador, dado su entrenamiento en la «Casa del Terror» de la Región Militar de Tecamachalco, Puebla.

Tejón no conocía bien a Celeste pero semejante destino no lo deseaba para una mujer. Aquellos eran cursos que modificaban la mente y estaban hechos para elevar el umbral del dolor mediante ejercicio extremo o comiendo ratas de río «o todo lo que se moviera» con tal de sobrevivir, incluidos humanos, como se decía por ahí. Eran cursos en los que si un compañero se atrasaba en una caminata había que matarlo. A ella seguro la violarían, la abofetearían, la insultarían y tratarían de reventarla. Se mearían sobre ella. Le recordarían lo puta e insignificante que era tan solo por ser mujer; la despertarían a las dos o tres de la mañana para hacer doscientas o trescientas sentadillas hasta que se le reventaran las pantorrillas o la mojarían por la noche para que con el frío de la selva aprendiera a activar el calor corporal. De seguro la entrenarían para disparar sin discriminar a civiles o militares, considerándolos a todos «blancos»; la obligarían a no bañarse. Si tuviera su regla se burlarían de ella diciéndole que las mujeres son los únicos animales que sangran de tres a cinco días cada mes sin morirse. La dejarían cagarse en los pantalones para que se acostumbrara a los malos olores. Le enseñarían a camuflarse como una serpiente en un árbol, aguantando la respiración, para luego caer al cuello de la víctima y degollarla sin miramientos, justo como se hace en el curso de rehenes y recuperación de edificios de las Fuerzas Especiales en México. Se deshidrataría en unas cuantas horas, porque a diferencia de Cancún, no habría agua embotellada: tendría que ir recogiendo las gotas de lluvia de las hojas, porque en la selva centroamericana no hay un solo arroyo sin sanguijuelas o sin malaria.

—¿Crees que abrí de más la boca con respecto a lo de Olalde? —le preguntó Celeste a Tejón Aguilar, ya de regreso a la Marcha por la Dignidad, con el sol rojizo del poniente dándoles en la espalda.

—No, nada más les diste la razón. De cualquier manera Olalde va a perder, no está apoyando los negocios de los militares y los políticos de acá…

Celeste se quedó callada.

—Lamento haberte hecho perder tu dinero —dijo—. Quería que ganara tu caballo…

—No iba a ganar, a menos que le metiera una bolsa de coca en el hocico, como suele hacerse…

Celeste levantó las cejas.

—En estas carreras es común que los caballos que ganan caigan muertos. El Rojo nada más era la pantalla para que se diera la idea de competencia leal, pero está pactado. A mí me dan mi lana y ya. Y la verdad es que prefiero eso a que quieran que mi caballo gane.

Celeste asintió con la cabeza, imaginando al animal convulsionándose de tanta coca.

—La verdad no soportaría verlo caer reventado —dijo aquel hombre de mirada dura, quien desde hacía varios años vivía en Quintana Roo, oculto, como huyendo de algo…

Finalmente, los integrantes de la Marcha por la Dignidad recorrieron los casi veinte kilómetros que separan Xel-Ha de Tulum, esa localidad que alberga las imponentes ruinas del Dios Descendente, una pirámide ubicada en lo alto de hermosas playas de arena blanca y cientos de iguanas que viven y saltan entre el pedrerío.

Los integrantes de la Marcha habían reducido su número de manera drástica después del día libre concedido por Jesús Olalde. Los escasos cuatrocientos seguidores que no abandonaron al candidato durante el *break* que había concedido cerca de Xel-Ha se instalaron a unas cuantas calles de las ruinas de Tulum, en aquella zona perteneciente a la reserva de Sian'Kan («El lugar donde nace el cielo»), donde abundan caimanes y pelícanos y, en el mar, enormes tortugas.

Los que se habían quedado parecían de verdad un ejército iluminado del sur. Descansaron, comieron. Olalde hizo un mitin al mediodía en la alcaldía de Tulum. Luego la mayoría visitó las pirámides y las edecanes se perdieron entre los turistas comprando baratijas. Cuando al otro día arrancaron con rumbo a Carrillo Puerto, dejando atrás las desviaciones hacia la zona prehispánica de Cobá y el camino que conduce a Punta Allen y Boca Paila, la carretera comenzó a acotarse. Frente a ellos se leía un letrero que decía: «Bienvenidos a la zona maya». Debido al acotamiento, las mentadas de madre por parte de traileros y automovilistas aumentaron contra el contingente que invadía el carril hacia Chetumal en fila india y que usaba una enorme soga para no salirse del camino y, al mismo tiempo, no ser atropellados. La gente iba de buen humor, pero de pronto el cielo se nubló. Muy raro porque a las doce del día en Quintana Roo el sol pega en todo su esplendor. Sin embargo, la gente comenzó a tener frío y los coches de la caravana prendieron sus luces. Todos entraron en la nada.

La carretera se desoló. En la retaguardia, Pata de Palo y Choche estaban nerviosos porque un simple accidente, un tráiler sin frenos o un camión torton que apareciera de repente y se estrellara contra la muchedumbre podía poner en riesgo toda la marcha.

Y cómo no estar preocupados si eso ya le había pasado a Pata de Palo en la carretera que une Salvatierra con la Presa Solís en Guanajuato, lugar de hermosas hortalizas y buenas bandas musicales de la escuela de Yuriria, en el centro-poniente de México. Él había nacido en El Aguaje, Michoacán, pero el destino lo colocó del lado opuesto, en el lado oriente del estado. En su calidad de policía judicial, lo habían destacado como escolta de un importante empresario de esferas navideñas de Maravatío. Dicho empresario había pedido protección a la Policía Judicial Nacional por amenazas recientes. Brindar este tipo de servicios a particulares no era misión de aquella corporación, pero como el empresario era primo del delegado de la Judicial en Michoacán, le asignaron como escolta a Pata de Palo. El comerciante solía viajar acompañado del presidente municipal de Maravatío en una camioneta blindada y a pesar de que el judicial le abría el camino, ni cuenta se dieron cuando un tráiler Freightliner que iba a rebasarlos les lanzó el coletazo, provocando que la camioneta se estrellara en un montículo y que el judicial nacional, quien iba adelante, volanteara torpemente y atravesara la patrulla como si aquellas toneladas de tráiler pudieran ser detenidas por un vehículo oficial, lo que ocasionó que aquel animalón le cortara la trompa de tajo, como quien da un machetazo a un puerco en un rastro.

Pero contrario a lo que se hubiera pensado, el agente Pata de Palo, a quien aquel choque le costó la pierna izquierda, no fue cesado por haber quedado cojo, sino que fue ascendido por intervención del empresario, primo del delegado, por lo que tuvo que acostumbrarse a caminar con prótesis.

Fue así como el judicial fue nombrado comandante de la región que comprende las carreteras El Oro-Maravatío-Acámbaro-Presa Solís-Salvatierra, El Oro-Maravatío-Morelia-Pátzcuaro y Pátzcuaro-Zirahuén-Uruapan, donde siguió brindando protección al cada vez más poderoso empresario de esferas navideñas, quien también había incursionado en el negocio aguacatero y de maderas finas en la zona purépecha de Paracho y Cherán. Ya por esas fechas, los narcos michoacanos —que siempre habían operado los desembarques de coca y anfetas en el puerto de Lázaro Cárdenas— comenzaban a disputarse el territorio contra los Hernández. Era en ese contexto que el comandante Pata de Palo ya esperaba un levantón para su empresario en el centro de Morelia o Uruapan, donde tenía sus bodegas de exportación, pero jamás se esperó que, aprovechando la neblina de la Presa de Cointzio en el tramo Morelia-El Edén-Pátzcuaro (lo cual hace que los vehículos disminuyan la velocidad hasta circular a vuelta de rueda, tanto en la carretera antigua como en la autopista), otro camión —esta vez un rabón— diera vuelta en *u* para embestirlos de frente. A ciegas los tres policías judiciales que traía a cargo Pata de Palo y los dos municipales que el alcalde de Maravatío también le asignó bajo su mando les sorrajaron de balazos. Escuchando los chingadazos de los calibres 38 y 45, el rabón apagó sus luces para que no le atinaran entre la neblina y solo se detuvo cuando la patrulla de Pata de Palo, la camioneta blindada del empresario y los dos vehículos donde viajaban los judiciales y municipales lo contuvieron.

Fue hasta que los seis agentes y policías se acercaron al camión, que se había detenido completamente, cuando se dieron cuenta de que aquel conductor iba armado con una AK-47, dos granadas de fragmentación y un chaleco antibalas, y que este armamento no le sirvió de nada porque en la balacera le lograron perforar el ojo y el pómulo izquierdos. Pura suerte (como verdaderamente pasan las cosas), porque con esa neblina fría que suele posarse sobre la cuenca de Pátzcuaro ningún policía municipal o judicial le habría atinado ni a un perro a dos metros de distancia.

Pero la cosa no se iba a quedar así, porque el arsenal pertenecía o a los Hernández o a las familias de narcos michoacanos que se habían organizado para sacar a todos los cabrones del norte y noroeste de México que querían usar el puerto de Lázaro Cárdenas como base para descargar los diversos envíos de mercancía colombiana sin pagar el derecho de piso.

Y en efecto, ni uno ni otro bando le iban a perdonar a aquel comandante patituerto, quien respondía al nombre de Álvaro Méndez Moreno, que les hubiera impedido matar a ese empresario, al cual todo mundo consideraba ya próximo candidato a gobernador del estado de Michoacán por el Partido Conservador.

Y ya se sabe que quien interfiere en las decisiones de un cártel se atiene a las consecuencias. Fue por eso que, al otro día, Méndez Moreno huyó a Quintana Roo, a la campaña de un candidato local de la Izquierda Moderna por invitación de Sebastián Fuentes Cielo, un judicial nacional regordete que había conocido en una reunión de procuradores en Ciudad Juárez, Chihuahua.

Fue ahí en las selvas de Quintana Roo donde Méndez Moreno al menos pudo mantener un bajo perfil con su imagen de comandante cojo, procurando siempre estar en la retaguardia de la Marcha por la Dignidad de Quintana Roo, ahí atrás, donde se supone que casi nunca pasa nada...

El contingente seguía caminando en medio de esa nube oscura que cubrió la Marcha con rumbo al ejido Pino Suárez, a lo largo de veintidós kilómetros de nada, con el rumor de que querían asesinar a Olalde. La carretera seguía desolada. Algunos de los simpatizantes del candidato recordaron la plaga de langostas bíblica, otros la maldición de la Cruz Parlante en la que se escuchan claramente las voces de mayas descuartizados del siglo XIX quienes gritan: «Manuel Nahuat, Manuel Nahuat, Manuel Nahuat». Con aquel creciente rumor que surgió, ¿de dónde?, varios imaginaron que llegaría un asesino solitario a reventarle la cabeza al candidato y quizás algunos lo deseaban. *Sangre, sangre, sangre*. Eran cientos de personas sudando, resoplando y arrebatando el agua que repartían las señoras obesas de las bases ciudadanas. Guillermo Toscano iba y venía para tomar fotografías porque Héctor Cruces ya había desertado de su misión al igual que el camarógrafo el Negro Castro, quienes habían aprovechado el *break* autorizado por Olalde unas horas antes para no volver más. El reportero Christopher Zarza también había renunciado. Jorge se mantenía a bordo de la camioneta de prensa redactando la nota del día que diría: «Bienestar para las familias de Quintana Roo, promete Chucho Olade» (cabeza en un piso, centrado), «Brindará becas alimentarias y consultas médicas a familias de bajos recursos» (primer balazo), «La Marcha por la Dignidad de Quintana Roo, todo un éxito en el tramo Tulum» (segundo balazo). La nota arrancaría diciendo: «Mejor futuro y bienestar para las familias quintanarroenses a través de becas alimentarias y consultas médicas a personas de bajos recursos, ofreció el candidato de la Izquierda Moderna, Jesús Olalde, durante la Marcha por la Dignidad de Quintana Roo…» Mientras Jorge terminaba, la ausencia de autos en ese largo tramo de la carretera hizo que el contingente se detuviera en seco. No había un solo ruido a lo largo del camino. No transitaban autos ni de un lado ni del otro.

—Esto está muy raro —dijo Olalde. La alarma puso en sobreaviso a Celeste y a Tejón Aguilar, quienes se miraban como si no se hubieran conocido nunca.

En aquella carretera solo se escuchaba un cuchicheo seco, como esos que anteceden a los huracanes que tocan tierra.

—Sigan caminando, chingao —ordenó el candidato a las edecanes, molesto porque todo mundo se había parado para ver al cielo como esperando una señal.

Oso ordenó a Tejón Aguilar y a Celeste subirse a la camioneta de Vázquez y hacer un recorrido de exploración en los kilómetros siguientes. Estaban nerviosos. Tenían muy claro que la situación podría ponerse violenta si la rafagueada venía de algún vehículo que circulara de frente. Si eso fuera así, la defensa le correspondería a Tejón Aguilar, quien tendría que jalarle duro a su AR-15. Vázquez también sacó su 45 de la guantera, listo para lo que se ofreciera. Pero no pasó nada. Simplemente no había gente ni carros en varios kilómetros a la redonda. Ni uno solo. Decidieron regresar. Lince y el Falso Costeño reportaban por radio tranquilidad absoluta en el centro de la Marcha. Choche y Pata de Palo, en la retaguardia, no reportaban novedad tras un recorrido de reconocimiento de cuatro o cinco kilómetros hacia atrás. La Marcha avanzaba sola, como un pueblo nómada. La columna era una enorme mancha en medio de la carretera. Caminaron durante lo que parecían horas enteras. El candidato aceleraba el paso queriendo llegar a alguna parte, queriendo avistar autos, gente o algún poblado, y los demás lo seguían al mismo ritmo, como quien responde al director de una orquesta. Caminaron unos cuantos minutos o tal vez días. Fue como entrar a la Tierra Media, al Mundo de los Muertos, o a la Nada, porque por ahí, en el carril contrario, no había señal alguna de vida.

Sintieron claramente que pasaban semanas y semanas caminando, con hambre y con frío, ¿pero acaso podía sentirse un viento helado en el Caribe? Unos minutos después, el cielo lanzó algunas gotas que cayeron como balas que regresan a tierra. Pasaron segundos enteros de oír un silencio espeso que quizá solamente sería roto por la voz de aquella Cruz Parlante ubicada en Felipe Carrillo Puerto a la que llegarían pronto, pero en cambio el silencio se rompió por un rugido que venía del único montículo en aquel trayecto. Un tráiler con refrescos de cola de doble remolque rugió a velocidad lenta. Su conductor asomó la cabeza para gritarles que estaba cerrada la carretera más adelante por varios hombres armados. Alerta máxima: ¿broma? Más bien advertencia para quienes alcanzaron a escuchar aquel aviso de muerte y se preguntaron qué sería de la muchedumbre al correr como lagartos asustados en los manglares a causa de los posibles disparos, porque aquel tráiler, ¿estaba huyendo? ¿O era parte de la trampa? Y ante ello, ¿qué debían hacer? ¿Retroceder o dar gritos de *¡Corran! Nos van a matar*? Oso coordinó la reacción. La camioneta de Choche y Pata de Palo rebasó desde la retaguardia acelerando a fondo para superar a la caravana e integrar un frente de dos vehículos con los francotiradores parapetados en sus respectivas bateas (Celeste en la camioneta de Vázquez y Tejón Aguilar en la conducida por Pata de Palo). Ambos vehículos conformaban un ariete de guerra. El Falso Costeño y Lince, en el centro de los contingentes, mantuvieron el apoyo a Rutherford Solís, quien según el protocolo de seguridad permanecería en la espalda de Olalde para abrazarlo en caso de disparo, mientras el Falso Costeño con su Magnum 38 de ocho tiros, y Lince, con su Browning 9 mm, de quince tiros, repelían el ataque, a pesar de que sus armas cortas no servían más que para estrategia de defensa. En efecto, Olalde fue trasladado al centro de la Marcha. Los comandantes pidieron a la gente que los rebasara, que se adelantaran porque el candidato estaba cansado. Era una vieja estrategia de policías. La gente estaba perpleja al ver a Celeste y Tejón Aguilar como dos tanques de guerra listos para disparar.

Pero en el horizonte nada pasaba.

Hasta que Celeste y Tejón Aguilar vieron aparecer dos camionetas con las luces prendidas a unos cien metros de distancia, cuyos tripulantes les enseñaban el dedo, mientras frenaban en seco, cagados de risa, en tanto a unos trescientos metros, detrás de ellos, otras seis o siete *pick-ups*, también con las luces encendidas, invadían la carretera.

Pero la provocación era pura distracción, porque cuando esto pasaba, justo en la parte trasera del contingente, donde Guillermo Toscano sacaba fotografías a los rezagados, una camioneta gris mate avanzó, lo que ocasionó que la gente se tirara al piso. El vehículo aceleró hacia la punta de la Marcha, donde tendría que estar Olalde, pero al no verlo, el copiloto no supo qué hacer y disparó hacia la gente sin atinarle a nadie, provocando que todo mundo gritara, en medio de llanto e histeria.

La reacción inmediata vino de Celeste. Volteó al oír que la camioneta agresora rebasaba desde la retaguardia. Disparó seco a la frente de uno de ellos al tiempo que le decía a Tejón Aguilar que ya no tirara porque se había chingado al que traía la pistola y que además había mucha gente.

Olalde quedó aplastado, protegido por la mole que era Rutherford Solís. El Falso Costeño y Lince estaban contrariados porque la orden de Oso era no disparar para no descubrir el lugar donde se encontraba el candidato. El conductor iba repartiendo los *hijos de su puta madre* tratando de alcanzar la retaguardia hacia las ruinas mayas del Dios Descendente.

Mientras tanto, en la parte de adelante, las seis o siete *pick-ups* enemigas huían. En la parte trasera, Guillermo Toscano intentaba sacar fotos a aquella camioneta gris que se alejaba en reversa a toda velocidad.

Celeste pegó en el toldo, desde donde había disparado.

—Me lleva la chingada. Me hubiera gustado darle también al piloto, pero ya no me dio tiempo...

Después del atentado contra Olalde, nada fue igual. Hubo una desbandada definitiva. El descontrol se apoderó de todo mundo. Aunque la Marcha había continuado desde las inmediaciones de Tulum con alrededor de cuatrocientos seguidores, después de los disparos a la muchedumbre quedaban apenas cien. La bala no alcanzó al candidato pero como si lo hubiera hecho. Nadie supo por qué se quedaron los que se quedaron, por qué no huyeron como lo marcan los cánones de la más lógica supervivencia. Era un suicidio colectivo a todas luces porque ahí, en el ejido Pino Suárez, donde se estacionó la Marcha después del atentado, no había a dónde ir ni cómo regresar a Cancún, a no ser que se avanzara a pie o en los camiones que siempre acompañaban a Olalde y que, por obvias razones, se abarrotaron en la desbandada. Cerca de trescientas personas desertaron de un solo golpe, pero para Olalde lo que resultaba preocupante era controlar el flujo de información, y para eso, ordenó de inmediato que Jorge se comunicara con Salvador Iniestra y Juan Armando Tavira para que se manejara la versión de que el supuesto tiroteo era solo un rumor y que nadie podía comprobar en realidad si se había efectuado. Pero entonces, la balacera ¿no había sucedido? La gente huyendo ¿eran solo fantasmas? A los que se quedaron se les prohibió hablar del tema, con la amenaza de que recibirían su pago si no llegaban in-

cluso animosos a la capital de Quintana Roo. Y para lograr-
lo se instauró un plan. A las cocineras se les ordenó preparar
«un banquete» para que quienes se habían quedado tuvieran
al menos la seguridad de que no iba a faltar la comida. Las
edecanes tuvieron que tragarse su miedo y pasearse con menos ropa por los pasillos del campamento; y Peniche mandó
decenas y decenas de botellas de todos los licores y cervezas,
las suficientes para emborrachar no a cien personas sino a
un millar.

Ahí, a un lado de la carretera, en un solar donde se establecieron las tiendas de campaña, Chucho Olalde habló con
un ardor que no se le había oído nunca:

¡Estuvo bien, estuvo bien!… Esto que pasó es una prueba
de que nos quieren quitar la gubernatura y de que se sienten
amenazados, pero, además, de que no nos vamos a dejar, de
que estamos unidos y de que vamos a defender el voto. El futuro de nuestros hijos no puede quedar en manos de esos asesinos. *Ya lo vieron, ¡es ahora o es nunca…!*

Y así, la gente no dejaba de hablar de lo sucedido. Los
comandantes establecieron un operativo para contener las
posibles reacciones. Luego peinaron la zona en busca de los
agresores de Olalde.

La gente bebió desaforadamente; se contaron cómo habían llegado a pensar que el atentado era el fin para todos.
Algunos dijeron que quizás el candidato tenía razón, que
aquella había sido la prueba más contundente de que el gobierno se había robado las elecciones, porque si no era así,
para qué querían matarlo. Otros hicieron cuentas: comenzaron a decir que no pensaban irse hasta que les pagaran y que
una vez haciéndolo, irían a los periódicos a difundir todo lo
que había pasado, que eso no se iba a quedar así. Varios activistas comentaron que era hora de mostrar la casta, que
Olalde pasaría a la historia como un verdadero libertador
del pueblo quintanarroense y que ellos mismos estaban de-
cididos a ser parte de esa historia. Y así, entre trago y trago,

todo mundo comenzó a especular sobre el futuro y a deliberar qué se sentiría ser mujer y tener que matar a un hombre en el ejercicio de su profesión, en clara alusión a Celeste. La mayoría concluyó que Olalde debería estar orgulloso de tener a aquella francotiradora entre sus escoltas porque había actuado rápido y de forma precisa. La noche avanzó y hombres y mujeres fueron saltando de una tienda de campaña a la otra para emborracharse. Pronto empezaron a escucharse extraños gemidos por todas partes. Algunas mujeres se encerraron en sus tiendas temiendo una Sodoma y Gomorra del Caribe, llena de lujuria y muerte.

Jorge también tomó. Borracho como estaba, buscó a Nicté o a Alejandra, pero esta última no estaba.

Los comandantes hacían rondines. Jorge había encontrado solamente a Nicté y la invitó a dar una vuelta. Detrás de una camioneta comenzaron a coger. De lejos vieron a los comandantes bajar de un camión a un hombre que andaba mostrando la verga a las mujeres y desatando trifulcas. Los comandantes se llevaron a aquel exhibicionista a la parte posterior del campamento, a unos veinte metros de donde estaban cogiendo Jorge y Nicté.

—Ya te tenemos, angelito —dijo Tejón Aguilar poniendo de rodillas al hombre.

—La perra anda brava y tú vienes a robarle los cachorros —agregó Oso, mientras los demás comandantes le doblaban el brazo.

—Conque nos quieres aguadar la fiesta —amenazó el Falso Costeño.

—Ustedes me la pelan, pinches norteños de mierda —respondió el exhibicionista.

—Norteños tu pinche madre —dijo Tejón Aguilar con su acento sureño. Lince, Choche y Pata de Palo sujetaron al hombre por detrás y Oso le jaló la cara con sus manazas. Con un tono casi paternal, Oso le dijo a Tejón:

—Ahí lo tienes. Todo tuyo…

113

El exmiembro de las Fuerzas Especiales del Ejército dio dos pasos atrás y descargó con toda su furia una gran patada que hizo que el hombre se fuera de bruces, como si se le hubiera reventado algo por dentro. Tejón tenía apretados los dientes igual que un rottweiler a quien se le ha puesto la comida enfrente.

—Ya estuvo... —interrumpió Oso.

El exhibicionista soltó algunos hilos de sangre por la boca. Luego, Choche y Pata de Palo lo metieron a una cajuela, mientras el resto de los comandantes regresaban a sus posiciones. Lince sacó su Browning y se acercó al lugar donde permanecían callados Jorge y Nicté. Cuando estuvo muy cerca de ellos, le dijo a Sánchez Zamudio:

—La tratas como una puta, llévatela a un lugar más decente...

Casi a la una de la mañana, dejando a Celeste, Pata de Palo y Choche supervisando el campamento, y mientras Rutherford Solís cuidaba a Olalde, el resto de los comandantes se subieron a una camioneta y se perdieron entre la noche. Unas horas antes, durante el patrullaje que realizaron para encontrar a los posibles autores del atentando, Lince y Tejón Aguilar hallaron a unos cuatro kilómetros del lugar de los hechos el cuerpo del sicario al que Celeste había dado en la frente. El paraje estaba cerca de Kancab Chén. Cuando vieron el cadáver lo echaron a la batea y se enfilaron por un camino de terracería y después por una brecha. Bajaron, se turnaron para cargar al muerto con la cabeza destrozada, cuidando de no regar la sangre, que ya estaba coagulada, pero no pudieron enterrarlo tras unos matorrales porque el terreno era duro, de modo que optaron por cubrir el cadáver con piedras y regresar por la noche.

Justo después de la escena del exhibicionista, cuando Tejón, Lince, Oso y el Falso Costeño dejaron encargado el campamento a Celeste y a los otros dos comandantes, buscaron el cadáver que había sido cubierto solo con piedras unas horas antes.

Cuando llegaron, Tejón Aguilar se apresuró a sacar el cuerpo de entre las rocas, aprovechando la luz de una enorme lámpara que traía Oso.

—¿Y si lo destazamos para que no quede huella? —preguntó.

—No chingues —respondió Oso—, esto no es Tijuana o Tamaulipas. Y menos Sinaloa…

—Vamos a aplicarle la prueba del ácido. Yo traje unas bolsas de sosa —dijo Tejón.

El exmilitar explicó que aquel procedimiento era común entre la milicia porque protege de las indagatorias judiciales a quien lo hace. Al no haber cadáver, no hay asesinato. No hay forma de saber cómo murió y menos quién lo mató.

El Falso Costeño le pegó un trago a la botella de mezcal que traía.

—Va a estar cabrón —comentó Oso—. Si no cabe en un tambo para deshacerlo ahí, vamos a tener que cortarle los brazos o las piernas para que quepa y no traemos machete.

—Yo traigo un cuchillo —dijo Tejón—. Un oficial nunca anda sin uno.

El Falso Costeño dio un último trago de su botella y tomó las llaves de la camioneta.

—Ahorita vengo —dijo, con su extraño acento—. Voy a buscar un tambo.

El Falso Costeño se alejó por el camino de terracería, hacia las casuchas que se veían muy a lo lejos.

—Ya nos vamos a parecer a los de Tijuana con el *pozole* —dijo Lince a Oso.

—Eso no es invento de Tijuana, ya se hacía en los ochenta en Guadalajara…

—Eso siempre se ha hecho acá en el sur, desde la época en la que se inventaron los machetes —dijo Tejón Aguilar aclarándole a Oso, como si estuvieran compitiendo.

El cadáver estaba morado en algunas partes y en otras muy blanco. Después de veinte minutos escucharon al Falso

Costeño regresando con varios botes de agua y un gran tambo cargado en la espalda.

—¿Y si mejor lo quemamos? —preguntó el Falso Costeño como arrepentido por tener que meter al sicario al barril con sosa y agua hasta que los músculos y la piel comenzaran a hervir, porque sabía que el compuesto siempre tarda bastante tiempo en consumirse y suelta mucho humo que puede resultar peligroso para quien lo respira. Se acordó también de que después había que vaciar el líquido viscoso sobre grava o piedras —una especie de gelatina de pollo— para poder encontrar las coronas dentales y evitar que el muerto pudiera ser reconocido. Después tendría que vaciar arena para cubrir los líquidos que dejaran alguna pista.

Aquello empezó a hervir como una cazuela típica de Guerrero o Nayarit, a la que solo hace falta agregar maíz inflado, rábano, lechuga, orégano, chile piquín y jugo de limón al gusto.

Después de un buen rato, Lince rompió el silencio.

—Hay que fumarse al muerto. Para que el compa se quede tranquilo y no vaya a estar chingando, ya saben cómo son cuando andan por ahí de rencorosos...

Lince tomó el cuchillo de Tejón Aguilar y se acercó cuidadosamente a una de las piernas del sicario, que se hundía lentamente en medio de la hervidera. Cortó un trozo de su pantorrilla, con la precisión de un carnicero. Cuidando de no aspirar aquellos gases, tomó el pedacito y lo colocó en un papel.

—Préstame tu cigarro —le dijo al Falso Costeño, quien ya había empezado a fumar mariguana para no sentir demasiado el *pozole*.

Poco a poco salió un humo débil del rollito. Lince se lo pasó con cuidado a los demás, quienes se lo fumaron lo más despacio que pudieron.

—Apúrense —presionó Lince—, ya me dio un chingo de frío. Hay que regresar antes de que amanezca, para dormir un poco y poder continuar la Marcha. Están solos Celeste, Pata de Palo y Choche. Qué tal si el infelizaje se pone loco y le joden la otra pata a mi buen comandante o se cogen entre todos a nuestra soldadita.

—Traje *refacciones* para que aguantemos a que el compa *se vaya* —comentó el Falso Costeño, sacando cuatro grapas de cocaína y varias sábanas para liar mariguana. El cuerpo tardó unas seis horas en descomponerse completamente. Los comandantes tuvieron que dormir ahí, turnándose. Lince y el Falso Costeño fueron los primeros porque ya habían fumado mucha yerba. Oso y Tejón aspiraban mucho polvo para mantenerse despiertos. Lo hacían con marcialidad y con respeto. En la lejanía solo se oían grillos y perros solitarios. La evidencia estaba desapareciendo, y sin embargo Oso y Tejón no dejaban de mirarse.

Y en efecto, no dejaron de verse hasta que la última voluta de humo de aquel tambo se esparció en el aire.

Los primeros rayos del sol salían y, al menos ellos dos, no habían dormido nada.

Pero a juzgar por sus semblantes, parecía que tampoco lo necesitaban.

Es común nacer en México y emigrar a Estados Unidos, pero no lo es nacer en McAllen, Texas, y terminar en Acapulco, Guerrero, exiliado, traficando mariguana golden sembrada en la costa Grande y llevada a la costera Miguel Alemán, vía la carretera Acapulco-Zihuatanejo, aun cuando se haya sido expolicía de la Judicial Nacional en Reynosa, la frontera natural de McAllen.

John Smith Villarreal, alias el Falso Costeño, estuvo metido en la *maña*, es decir, vendía drogas usando charola de judicial, además de consumirlas. El Falso Costeño no comerciaba a escala mayor como lo hacían otros miembros del Cártel de Acapulco, sucursal del de Sinaloa, que transportaban la golden hasta McAllen, vía Cuernavaca-Ciudad de México-Guanajuato-Aguascalientes-Zacatecas-Saltillo-Monterrey, y por último, Reynosa. Y no lo hacía simplemente porque él no era aún un *pesado*.

El Falso Costeño era en realidad un traficante menor autorizado solamente para *mercar* golden Acapulco, pero no coca, ni éxtasis y mucho menos goma de opio o heroína base, que eran productos exclusivos de los *pesados* de Culiacán.

Pero aun así, ¿por qué alguien que trafica mariguana en la Costera Miguel Alemán terminaría en Cancún protegiendo a un candidato gris, ocultando su verdadera identidad y dejando de ganar bastante dinero en Acapulco entre los *spring-*

breakers gringos, que cada febrero y marzo van a hacer todo lo que el Gabacho les prohíbe?

La respuesta radicaba en que los de Sinaloa necesitaban noticias de primera mano de cómo se comportaban los Hernández en su crecimiento en la península de Yucatán, región del sur del país que se mantenía neutral a pesar de ser zona internacional de descarga de mercancía colombiana.

Smith Villarreal tenía gran experiencia administrando el pequeño territorio de Acapulco. Su ascendencia gringa proporcionaba grandes beneficios al Cártel de Sinaloa, pues sus familiares lejanos, todos ellos rancheros de McAllen, prestaban sus fincas para almacenar la droga.

Pero eso, en Quintana Roo, nadie lo sabría. Nadie se enteraría de que lo habían enviado en calidad de espía al Caribe con las siguientes misiones:

1. Detectar el grado de avance e infiltración del Cártel de los Hernández en la península de Yucatán.
2. Crear un plan de apertura de plaza para los de Sinaloa y su satélite, el Cártel de Acapulco, en vista del enorme potencial turístico que ofrecían los hoteles de Quintana Roo, y replicar así el modelo de venta de estupefacientes que tan bien se sabía el Falso Costeño en la Costera Miguel Alemán.
3. Crear un enlace con el candidato de la Izquierda Moderna Jesús Olalde, quien, en caso de ganar, facilitaría a los de Acapulco y a los de Sinaloa su infiltración en el Gobierno a través de los aparatos de seguridad en los que el Falso Costeño tendría sin duda alguna designación oficial.
4. Comprobar la existencia o inexistencia del llamado Cártel Independiente de México, del que había rumores de que estaba comenzando a reagruparse con desertores de otros cárteles, exconvictos, exfuerzas de élite del Ejército y algunos policías municipales, los cuales

se erigían ahora como un potencial cuerpo de trafi-
cantes que competían con los Hernández y que por sí
mismos podrían poner en riesgo la operación de rutas
en el sur y centro del país, donde los de Sinaloa tenían
poca injerencia.

5. Ubicar el paradero de León Beltrán Guzmán, expolicía judicial nacional nacido en Ciudad Obregón,
Sonora, a quien varios apodaban *Oso* y quien había
aceptado la invitación de un periodista de *La Prensa Nacional* para conformar la escolta del candidato
quintanarroense.

El pasado del Falso Costeño era confuso. Había abandonado
McAllen por problemas con la justicia estadounidense. Fue
adicto a la mariguana desde que la probó en la escuela. La
llevaba en las bolsas del pantalón como si se tratara de dul-
ces, hasta que se corrió la voz de que él, el «mexicano» —llamado así por ser hijo de madre mexicana y padre texano—,
también vendía.

Pero muy pronto agarraron al angelito. Como era la primera vez y poseía menos de un kilo de mariguana, además de
tener apenas catorce años, lo dejaron ir después de pagar una
multa. Poco después, en sus primeras vacaciones de *spring-
break* en México, probó la golden Acapulco y se enamoró.
Trazó su destino mientras la metía en sus pulmones. Consiguió comprar en la costera Miguel Alemán doscientos dólares
de la plantita dorada y la vendió a todos sus amiguitos en el
hotel acapulqueño, logrando recaudar dos mil dólares en una
sola noche. El negocio le gustó. Regresó a McAllen con la
idea fija de que algún día la introduciría a Texas como parte
de un gran negocio y lo logró, porque él como estadounidense tenía la facilidad de pasar por la aduana como quien visita
su patio trasero y más llamándose John Smith.

Por eso se convirtió en el principal vendedor en su escuela, en su calle y en su barrio. Acudía a los bares, a los cines y

a los restaurantes de Reynosa para gastarse el dinero y para comprar más mota. Ahí sus dólares se multiplicaban al menos por diez, por lo que aprendió español, sobre todo para decir qué «rico mamacita, lo mamas muy bien» en los puteros que comenzó a frecuentar. Y entonces la vida lo llevó a donde debía: su padre murió tres años después y su madre regresó a México con sus familiares cuando cumplió los veintiuno.

Sus tíos tenían un lote de autos gringos y, con aquellos contactos que incluían a los policías de Reynosa, el veinteañero se convirtió en un gran pasador de yerba que le compraba a los del Cártel de Matamoros, hasta que la repentina expansión de los de Sinaloa le garantizó un precio menor. Fueron ellos, los de Culiacán, quienes lo metieron a la Judicial. Lo querían de su lado porque a su edad el muchacho ya les había comprado cientos de kilos de mota y, sobre todo, porque como consumidor sabía muy bien distinguir entre la mariguana roja de Colombia y una golden de El Paraíso, Guerrero, y hasta una de Tenango del Valle, en el Estado de México, con tan solo oler el humo.

Dejó de ser agente de la Judicial cuando los de Matamoros lo rafaguearon de lejos. Pero no le dieron. En McAllen la justicia lo tenía ubicado también y no podía huir hacia allá. Cuando los Hernández le entraron a la disputa de la plaza, la cosa se puso aún más difícil. Con lo que tenía ahorrado mandó a su madre a Boston, vendió los lotes de autos de sus tíos y pidió ayuda a los *pesados* de Culiacán para que lo sacaran de Tamaulipas. Cuando le preguntaron a qué ciudad quería irse, no lo dudó ni un solo segundo.

Los de Sinaloa le aceptaron la petición de enviarlo a trabajar a Acapulco, poniéndolo en la costera Miguel Alemán bajo las órdenes de otro texano nacido en Laredo, que era el jefe de sicarios de la organización no solo en Guerrero, sino en Morelos, el Distrito Federal, Querétaro, Aguascalientes, Nuevo León y parte de Tamaulipas.

El jefe y el subordinado se entendieron a la perfección:

ambos eran güeros pero ya estaban quemados por el sol, hablaban inglés y español con falso acento costeño, se cogían gringuitas a pasto, organizaban las fiestas de los cantantes y actores de moda, de los productores de televisión más exitosos, los mandos de la Marina, Seguridad Nacional o el Ejército, así como de políticos y deportistas que pasaban los fines de semana o sus vacaciones en Acapulco, con lo que obtenían contactos de alto nivel y mucho dinero.

Fue su jefe, el primero de los dos Falsos Costeños, quien mandó al segundo a espiar la situación de los Hernández en Quintana Roo. En su calidad de policía judicial de Reynosa, John Smith había conocido al comandante Oso en una reunión de judiciales nacionales en Guaymas, Sonora, antes de que llegaran los tiempos en los que todo se le había hecho difícil a aquel Luciano Pavarotti con pistola. Apenas hacía unas semanas, Smith lo había contactado por primera vez en mucho tiempo para insistirle que lo aceptara en el cuerpo de seguridad del candidato Olalde, pues esa noticia ya se había filtrado entre varios exjudiciales nacionales y Oso terminó admitiéndolo un poco a regañadientes. Por esa razón cuando Smith Villarreal llegó en avión al Aeropuerto Internacional de Cancún iba cantando una canción que de alguna u otra manera le había marcado el destino:

> *Acuérdate de Acapulco, de aquellas noches,*
> *María Bonita, María del alma.*
> *Acuérdate que en la playa, con tus manitas*
> *las estrellitas las enjuagabas...*

Sabía bien que en Quintana Roo tendría que encontrar una canción sustituta, sin embargo, por más que se esforzó, no pudo ubicar alguna.

La caravana llegó a Muyil. Al otro día arrancaron hacia Felipe Carrillo Puerto, el «Corazón de la zona maya», lugar del Santuario de la Cruz Parlante. Llevaban muchas horas caminando, en tramos larguísimos, extremadamente calurosos. Por eso desde dos o tres kilómetros antes de llegar a Carrillo Puerto, sintieron que las casas y los negocios eran un símbolo de la civilización. Llegaron arrastrando los pies, cojeando, con el sudor podrido y el sol quemándoles los cuellos, sedientos, con los pies ampollados, como un rebaño perdido en medio de la selva.

Alejandra se iba recargando en el hombro de Jorge para descansar un poco. El gesto no le gustó a Nicté, quien realizaba enlaces a Radio Cancún justo para reportar que estaban entrando a la capital de la zona maya antigua. Tavira desmentía para la televisión de Cancún el rumor del supuesto atentado a Olalde en las inmediaciones de la carretera Tulum-Ejido Pino Suárez.

Conforme la carretera Cancún-Chetumal se convertía en la calle principal del centro de Felipe Carrillo Puerto, muchos hombres y mujeres morenos de ojos rasgados salieron de sus casas. Junto al estadio de beisbol de los Mayas de Carrillo Puerto, la gente les regaló agua, *pozol* y naranjas para que se reanimaran. Era extraño porque la sombra del atentado se sentía en el aire, y lo que correspondía era que la gente los rechazara simplemente para no meterse en problemas, pero cuando llegaron a la glorieta con la figura de Benito Juárez, los carrilloportenses ya atestaban las calles. Salían de las casas familias enteras y cientos de ciudadanos gritaban consignas de apoyo a Olalde, quien solo atinó a arreciar el paso porque la gente comenzaba a rebasarlo. En la esquina donde se ubicaban el restaurante y hotel principal, una gasolinera, una casa de empeño y una cervecería, el descontrol se hizo total porque la cantidad de personas alcanzaba ya miles. En la explanada de Carrillo Puerto, donde se hallan la catedral y el palacio municipal, estaban estacionadas decenas de camiones con letreros que decían: «Olalde, el corazón de la región maya te apoya», «Chucho, eres nuestro hermano». Muchos de ellos provenían de Yucatán, Campeche, Quintana Roo, Chiapas, y desde la frontera con Belice y Guatemala. Los miembros de la Marcha no podían creerlo. La cantidad de personas que se les sumaba parecía irreal. De pronto, Olalde ya no pudo avanzar. Oso y Rutherford Solís se pusieron al frente y atrás de él para protegerlo, como dos paredes. Las edecanes se perdieron entre la multitud. Jorge buscó la mano de Nicté o la de Alejandra, pero no las encontró. Tejón Aguilar y Lince se eclipsaron. Choche daba vueltas en su propio eje como una pelota buscando a alguien que lo ayudara para no morir asfixiado. El Falso Costeño cayó de rodillas y le pasaron encima. Lince apretó su pistola y estuvo a punto de disparar a la masa, pero los empujones lo hicieron pensarlo mejor. ¿De dónde había salido tal multitud? ¿De qué selvas se habían fugado estos hombres? Olalde se vio de pronto sumergido en un mar de gente, su discurso de defensa del voto y la guerra contra los poderes establecidos había hecho mella. Ahora tenía que enfrentar las consecuencias. Lo tocaban, le hablaban, lo aturdían, querían que les dijera algo. Aquellos mayas lo habían estado esperando. Cuando lo vio llegar su hermano, el presidente municipal de Carrillo Puerto, se abrió paso para recibirlo, custodiado por una decena de policías locales.

—Le tienes que hablar a la gente —le dijo. Olalde balbuceó—. Hazlo en la catedral. Usa el micrófono del padre. Tiene altavoces regados por toda la plaza.

Olalde lo hizo. Muchas mujeres indígenas se le acercaban.

—Llegamos desde ayer —le decían.

—Sabemos que te quisieron matar, pero no te preocupes, nosotros te vamos a defender —le aseguraron seis o siete hombres.

A las edecanes, que llevaban pantalones ajustados y escotes, las manoseaba todo el mundo, y más cuando entraron al recinto sagrado donde Olalde fue recibido entre cantos y padresnuestros. No faltó quien gritara a las edecanes que se salieran de la iglesia porque parecían unas putas. La gente se arremolinó en los pasillos en medio de gritos de «¡Viva Olalde, muera el Partido Nacional!» Chucho sudaba, se llevaba las manos a la cara, como cuando alguien va a morir.

—Dame fuerzas, dame fuerzas —decía despacito y el cuchicheo se hacía enorme:

—¿Qué dijo?, ¿qué dijo?

—Nos han robado la gubernatura y nos vamos a defender —afirmó Olalde ante el micrófono—. No podemos dejar que la historia se repita y los ricos y poderosos se roben lo que es nuestro. Yo fui elegido por ustedes como gobernador y ellos me han quitado el triunfo. ¿Y por qué? Porque saben que ustedes son mis hermanos. Algunas personas siguen conmigo aún en esta Marcha, otros han huido por miedo, pero yo me siento fuerte. ¡Acompáñenme ustedes! ¡Vamos a tomar el Palacio de Gobierno en Chetumal! ¡Ayúdenme a hacer justicia! ¡Ayúdenme a acabar con esos ricos y poderosos! ¡Caminen conmigo! ¡Dios estará con nosotros!

Chucho se hincó ante la imagen de un Cristo ensangrentado con una placa al pie que decía: «El reino de Dios ha llegado, solo la Cruz y las lenguas de fuego, fortaleza, piedad y temor de Dios, podrán salvarnos». Estaba estupefacto, parecía dar explicaciones a Dios, parecía pedir consejo. De vez en cuando levantaba la vista como para constatar que seguía ahí, que no se había ido de este planeta.

Cuando salió, la gente se desparramó por el pueblo. El calor era insoportable, pero aun así, rodeado de miles de gentes que de pronto se habían vuelto solidarias con su movimiento, tal vez producto, precisamente, del atentado, Olalde se dirigió al Santuario de la Cruz Parlante, a unas cinco o seis calles en dirección poniente, donde estaba concentrada más gente. De acuerdo con su hermano, a Chucho lo iban a nombrar *Holoch Halach*, que en maya significa «El Gran Hermano». En el Santuario, dos pequeños maderos cruzados constituían el centro del universo maya de los últimos tres siglos. La placa decía:

SANTUARIO DE LA CRUZ PARLANTE
PROHIBIDO ENTRAR CON ZAPATOS Y SOMBREROS.
ATTE. GRAL. SANTO GARCÍA CHAC
Y DEMÁS DIGNATARIOS MAYAS.

SACERDOTE MAYA TEODORO PAT PAT.

En la explanada se veía un pequeño cenote en una grieta abierta en la tierra. Ahí, cincuenta dignatarios mayas con pantalones de vestir y gorras sucias de beisbol esperaban a que Olalde saliera del Santuario donde le sería confiado si iba a tener éxito en su candidatura. E incluso, si era el nuevo profeta que la Cruz había pronosticado desde los tiempos de Manuel Nahuat.

La espera fue larga, el poder de la Cruz no se manifiesta nunca a voluntad del maestro cantor y, por tanto, Olalde y su equipo se tuvieron que sentar en la explanada en medio de lámparas de ocote porque ya empezaba a caer la tarde.

En seguida llegó el Mayapax, los músicos mayas de Tixcacal Guardia.[3]

Afuera seguía el gentío. Parecía un congreso de caudillos del sur. Y en medio de esa espera, las edecanes desaparecieron. Alguien les había dicho que fueran a la laguna del poblado de Señor, a media hora del Santuario. Estaban tan aburridas esperando a que la Cruz hablara, que le pidieron a unos desconocidos que las llevaran. No dudaron en sumergirse; el agua estaba aún fresca y azul. Alejandra propuso que se metieran desnudas. Y lo hizo. Se quitó el pantalón y la blusa y se echó al agua. Las otras dos la imitaron. No les importó que aquellos hombres que las habían llevado, y otros más, las espiaran. O tal vez eso querían. Alejandra cautivaba a los morenos. Esmeralda a los viejos. Renata a los jóvenes. Todos esos mirones se imaginaban cogiéndoselas en todas las lagunas de la península de Yucatán.

Mientras tanto, en el Santuario, Chucho Olalde comenzó a ponerse nervioso: ¿cuánto tiempo esperar a que los dos palitos cruzados hablaran? ¿Hasta el fin del mundo? Pasadas algunas horas, Chucho se removía en su silla; los comandantes se sobaban las manos. El ruido de tanta gente los aturdía; había fuegos artificiales y les parecían balazos que comenzarían a ser disparados en cualquier momento. Y el estruendo sonó porque minutos después, el *tatich*, el Maestro Cantor, la autoridad en Chan Santa Cruz, se sentó junto a Chucho. La Cruz había hablado.

—La Cruz dice que no deberías confiar en nadie, que traes el alacrán metido en tus zapatos, que los tejones siempre se meten a las casas sin pedir permiso —le susurró. Olalde no entendió nada de aquello.

En la laguna de Señor las edecanes nadaban contentísimas, no estaban rasuradas y reían como niñas, se carcajeaban porque no tenían toalla. Sin pedir permiso, Vázquez

[3] «El Mayapax está formado por aquellos que un día despertaron porque Dios les otorgó la virtud de tocar instrumentos. Los asignados tienen la obligación de transmitir la tradición a las generaciones siguientes».

llegó a agüitar la fiesta. El chofer de Olalde se había dado cuenta de aquella fuga y venía a llevárselas.

—¡Cabronas putas, sálganse de ahí!

Renata se secó con una playera y lo encaró:

—Puta tu pinche madre.

Esmeralda lo remató, con la autoridad de quien se ha revolcado con él muchas veces:

—Mejor cállate, malandro pendejo.

Alejandra puso un beso en sus dedos y se lo pegó en la boca:

—La güerita tiene razón —le dijo—. Mejor cierra tu bocota, porque no te queda, pinche tacuache jodido.

Tras la mítica revelación de la Cruz Parlante, en Carrillo Puerto hubo danzas, incienso, rezos. El cantor en jefe tomó por el codo a Olalde y caminó con él. En la calle, entre la muchedumbre, le dijo:

—Candidato, usted está en guerra. Ya vio lo que dijo la Santísima Cruz. Si yo estuviera en su lugar, no confiaría tanto en su equipo. La muerte le puede venir de cualquier parte.

Me quieren matar y parece que este puto Cantor sabe bien quién quiere asesinarme. Cruces parlantes mis güevos. ¿Por qué no me dice mejor de quién se trata y se deja de mamadas?

Chucho desaceleró el paso para preguntarle de forma directa:
—¿La Cruz le dijo eso? Dígame, Cantor, ¿usted sabe quién mandó matarme?
—El Gobierno no lo quiere. Tal vez no solo es uno, sino varios…

Incluso aquí todos los pinches mayas cabrones saben quiénes dispararon contra la Marcha y se hacen pendejos… Bien decía mi abuelo que hay que tener cuidado con los indios ladinos, que son capaces de cortarle a uno la garganta mientras duerme.

Había demasiada gente. Mujeres, hombres de todas las edades. Al verlos, Chucho precipitó la pregunta:
—¿Tiene nombre? ¿Mi asesino tiene nombre?

—Los alacranes no avisan cuando matan. El jaguar es mortal porque tiene paciencia. Los tejones son mañosos y traicioneros, por hambre hacen lo que sea.

Las serpientes siempre muerden en los tobillos. Además, usted no controla a su gente, confía demasiado. Por ejemplo, sus amantes se están bañando justo en este momento en la Laguna Sagrada y usted ni siquiera lo sabe.

Chucho se encabronó.
—Hijas de la chingada —Olalde volteó buscando desesperadamente a Vázquez o a Rutherford Solís, o a Oso, o a quien fuera para que le informara de lo que le estaba diciendo el Cantor...

—Cantor, dígame, ¿quién mandó a aquellos sicarios a matarme? ¿Quién quiere asesinarme?
—Candidato, ya le dije, en la selva la víbora nunca ataca en público, sino que espera a que su víctima esté sola, sabe que entre tantas, nunca se reconoce qué culebra es la más venenosa...

En la calle, comenzaron a sonar más cohetes y los comandantes se tensaron aún más. La gente decía: «¡Holoch Halach!, ¡Holoch Halach!» Chucho perdió de vista al Cantor en jefe. Ya sentía el disparo en la sien de alguien no identificado, pero la detonación no sobrevenía.

—Van a matarme —dijo, despacio, como para sí—. Van a matarme.

Después, todo fue caos.

Estoy en su territorio y a mi hermano ya se lo han querido chingar. No se me haría raro que también a mí, con eso de que odian a todos los blancos...

Si serán putas, cómo se les ocurre irse a bañar a la jodida laguna santa esa. ¡Ándenle, ayúdenme, de por sí todo mundo me quiere matar... Pendejas de mierda, no piensan en nada!

Son ustedes los que fueron a dispararme en plena Marcha, ¿verdad? Pero se van a tragar su pinche cruz parlante, van a ver, hijos de la chingada....

Van a matarme, van a matarme.

Van a matarme, van a matarme.

Van a matarme, van a matarme.

Van a matarme, van a matarme.

Por la noche, después de ser ungido como «Gran Hermano», la mayoría de la gente regresó a sus casas o a sus pueblos, y aquellos que se acababan de unir a la Marcha se instalaron en el campo del estadio de beisbol de Chan Santa Cruz. El diamante del estadio aún tenía gis porque habían jugado ese fin de semana los Mayas de Carrillo Puerto contra los Piratas de Campeche. Todavía no era un complejo deportivo con altas bardas y guardias cuidando las instalaciones, por lo que las gradas se convirtieron en dormitorios para la gente y los vestidores en cuarteles para comandantes y edecanes. Iba a llover y aparecieron decenas de lonas de nailon que surgieron como hongos azules, verdes, rosas y amarillos, igual a un tianguis sobre ruedas. Y llovió. ¡Y vaya que llovía en la región de Carrillo Puerto!

Por primera vez desde que arrancó la Marcha, sus miembros se relajaron un poco, estaban en territorio «amigo» y hasta parecía que la gente los quería. Por eso se fueron a cenar al único hotel y restaurante decente de aquel pueblo. En El Faisán y El Venado, Olalde y los comandantes comieron y bebieron, al igual que el equipo de prensa y los jefes de las bases ciudadanas. Faltaban Tavira y Peniche, quienes seguían en Cancún cabildeando con la prensa y consiguiendo más recursos para la Marcha, pero todo mundo estaba contento. Los asistentes pidieron camarones, langosta, bobo, bonito, mojarra, carpa, robalo, pulpo y hasta pejelagarto de Tabasco. Y cerveza a morir.

Chucho se reía de vez en cuando. Terminada su cuarta cerveza fue al baño. Saludó al cuidador, quien le dio un trozo de papel que rechazó. Alejandra lo seguía. El cuidador intentó impedir el paso a la edecán porque se trataba del baño de hombres, pero ella continuó sin pedirle permiso. Al verla dentro, Olalde se sorprendió. Estaba terminando de orinar y, como pudo, se sacudió el miembro.

—¿Qué haces aquí?

Alejandra no dijo nada. Se acercó y le dio un beso largo en los labios. Su saliva también olía a cerveza. Lo acarició y se hincó. Tomó aquella verga flácida y se la llevó a la boca. Olía mal con tanto sudor y tanta Marcha, pero Alejandra aguantó. Incluso dijo:

—Está deliciosa.

Se mantuvo pegada a aquel pedazo de carne hasta que Olalde eyaculó en su boca.

—Pinche Alejandra —decía—. Pinche Alejandra.

La edecán salió del baño sin decir una sola palabra. El cuidador los había estado espiando y ella se había dado cuenta. Se acercó a él y lo besó en la boca, aun con un poco de semen en la lengua. El cuidador se limpió rabiosamente los labios.

—¡Pinche vieja! —exclamó el cuidador cuando vio en su saliva un líquido blanco.

Cuando Alejandra regresó a la mesa donde todo mundo seguía celebrando, Renata la miró. Había llegado el hermano del candidato y otras figuras locales. Segundos después, Chucho llegó subiéndose el cierre del pantalón.

—Qué puta eres —dijo Renata cuando Alejandra se sentó junto a ella.

Cuando todos terminaron de cenar, las edecanes, los jefes de las bases ciudadanas, así como Jorge y su equipo, caminaron hacia el estadio de beisbol. Olalde pasaría la noche en la casa de su hermano. De ninguna manera quería que lo viera su cuñada con las edecanes.

El equipo de seguridad se dividió: Rutherford Solís, Oso, Lince y el Falso Costeño irían a casa del hermano de Olalde para montar guardia dentro y fuera del inmueble. El resto de los comandantes se repartieron el estadio para hacer rondines: Choche debía patrullar el norte, Pata de Palo el poniente, Celeste el oriente y Tejón Aguilar el sur. Al centro se quedaría Vázquez, quien avisaría si veía algo extraño entre las tiendas de campaña.

Pronto llovió de nuevo y el agua hizo desaparecer el calor. Jorge pasó la noche en la camioneta de prensa junto a Guillermo Toscano, Pedro Salgado, el nuevo camarógrafo y el chofer de la camioneta de prensa. Nicté, en cambio, lo haría con las cocineras. Jorge esperó a que todos se durmieran y salió. La lluvia se volvió fina. Se dirigió hacia los camerinos y tocó.

—¿Quieres dar una vuelta? —preguntó Jorge cuando salió Alejandra.

La edecán rio. Era la favorita de Olalde y la propuesta parecía una estupidez. Pero aceptó. Afuera, poca gente permanecía debajo de las lonas de colores y todo mundo había desaparecido en sus tiendas de campaña. La lluvia de pronto arreció hasta que no se distinguía nada a dos metros de distancia. Jorge jaló a Alejandra para que se pusieran debajo de una lona. Estaban solos. Los tirones de agua los volvieron sombras. Jorge la abrazó. Ella lo apartó en automático.

—Te estás metiendo en un problema —dijo ella.

Jorge le cayó la boca con un beso y ella cedió un poco.

—Eres bastante tonto, según veo —comentó Alejandra riendo.

Él la volvió a besar. Alejandra le acarició el pantalón. Jorge no lo esperaba.

—No se te para tan fácil, ¿verdad?

El tipo se sorprendió. ¿Cómo pretendía aquella mujer obtener una erección automática solo poniendo la mano?

—Mejor no te metas en problemas, no te quiero ver muerto en la carretera —le aseguró Alejandra, y no importándole la lluvia, que caía en gruesas cortinas, corrió de regreso hacia el vestidor.

Jorge no la volvió a ver en toda la noche. El agua cayendo era el único ruido que se oía.

Jorge se dirigió a la camioneta de prensa. Salgado, el chofer y Toscano dormían desparramados en los asientos delanteros. Le habían dejado la parte de atrás, junto a las maletas y las cámaras. No había cobijas y el frío de la selva, que perfora el pulmón si se pone la espalda en el piso, se apoderó del sitio. El ambiente se convirtió, traicionera y repentinamente, en un refrigerador para reses.

Jorge se tapó con su ropa sucia. No podía dormir. Alejandra lo había tratado como un pendejo, el candidato lo trataba como pendejo y su padre lo consideraba un pendejo. Estaba muy enojado, por lo que salió de la camioneta y comenzó a caminar. Había parado de llover por un momento. A lo lejos vio a Choche haciendo guardia en el extremo norte.

Jorge subió a las gradas del estadio saltando a la gente dormida y, bajando por unas escalinatas, desapareció en esa misma dirección sin que lo viera el comandante regordete, como si quisiera regresar a Cancún. Anduvo por un camino de terracería. Luego se internó en las calles aledañas llenas de lodo.

—¿Qué mierdas hago en este lugar? —repetía.

El ambiente refrescaba cada vez más. Se le vino a la mente el atentado, la campaña anterior. Solo oía perros advirtiéndole que no caminara más y canciones que cantaban por borrachos en los pocos caseríos que todavía veía.

—¿Qué diablos hago aquí? —repitió.

Junto a él pasaron algunas camionetas y se dio cuenta de que ya estaba muy lejos del estadio. Llevaba tal vez media hora caminando sin darse cuenta. Cuando intentó regresar, vio varias camionetas llegar a Carrillo Puerto y las siguió. Al encontrar el campamento, el ambiente había caído en la bruma.

Se fue a dormir: los vidrios de la camioneta de prensa estaban empañados. Intentó conciliar el sueño. Se escuchó un toquido en el cristal.

—Vine a dormir contigo —dijo Nicté.

—Vete. Estos güeyes están aquí —respondió Jorge refiriéndose a Toscano, Salgado y el señor Peña, su chofer.

—No me importa —contestó la pequeña reportera maya.

Comenzó a llover de nuevo. Nicté pasó y también se cubrió con la ropa sucia de Jorge. Su equipo de prensa roncaba o hacía como que roncaba. Él empezó a acariciarle el rostro. Luego sintió sus pequeños senos y se los apretó. Le frotó las nalgas. Se bajó el cierre y con voz de mando le dijo:

—Chúpalo.

Le quitó el *brassiere* y él se quitó el pantalón. Luego la penetró boca abajo. Le tapó los labios porque Nicté comenzó a gemir. Toscano, el chofer y Salgado seguían roncando. ¿Habían tomado demasiado? Se oyeron truenos en el cielo. Después de un rato, Nicté salió de la camioneta. Tal vez eran las cuatro de la mañana. Se empapó antes de entrar a la tienda de campaña de las cocineras. Se acostó junto a una de las más gordas.

—¿No escuchaste como motores de camionetas? —le preguntó la mujer, quien había permanecido despierta desde que la reportera salió en busca de Jorge.

—No —contestó Nicté, incómoda, sintiéndose descubierta.

—Deberías cambiarte de ropa, estás mojada —le comentó la mujer regordeta—. Acuéstate acá, tápate con mi cobija. Dejaste la tuya allá donde fuiste…

Acababan de dormirse, cuando escucharon a alguien corriendo.

—Algo pasó —dijo la mujer obesa.

Unos segundos después llegó Jorge.

—Casi nadie se ha dado cuenta, pero hay problemas cerca del restaurante, me acaba de avisar Vázquez. Quédate aquí.

En el campamento casi todos seguían durmiendo, pero ya los comandantes estaban en la esquina de El Faisán y El Venado.

Había una cabeza tirada en medio de la calle, justo en el punto donde convergen los cuatro caminos a Carrillo Puerto.

Una cartulina, como las que usan los niños de primaria para dibujar, estaba colocada sobre el tronco del comandante Choche. La pancarta decía: «Chucho, vuelve a matar a uno de nosotros y la siguiente cabeza será la tuya». Los brazos, piernas, el tronco y varios dedos de aquel comandante callado y obeso estaban regados por toda la calle, y en su cabeza le caían las luces del alumbrado municipal que se filtraban a través de las pequeñas gotas de lluvia.

El frío de la madrugada en Carrillo Puerto estaba a todo lo que daba.

La lluvia tampoco dejó de precipitarse.

Las gotas insistían en caer sobre los ojos tiernos de aquella cabeza desprendida que miraba fija hacia el cielo.

¿En realidad todos en la campaña recordaban a Choche?

Sí.

De algún modo aquel comandante rechoncho, aunque callado y discreto, se había ganado la simpatía de las bases ciudadanas, de los demás comandantes, pero sobre todo de Pata de Palo, quien viajaba con él todo el tiempo en la retaguardia. Se habían conocido en una reunión anual de procuradores de justicia en Ciudad Juárez, Chihuahua, de donde el comandante Choche era originario. Pata de Palo lo recordaba bien con su Pietro Beretta reglamentaria incrustada bajo la piel grasienta, dejando ver la cacha. Se hicieron amigos en la época en la que Ciudad Juárez ya se había convertido en una ciudad llena de maquiladoras y de mujeres tiradas en los basureros asesinadas por textileros gringos, a pesar de que siempre había sido polvorienta y llena de congales con estadounidenses gastándose los dólares en hoteles de paso tan grandes como las unidades habitacionales que abundan a las afueras. Fue justo en el tiempo en el que la ciudad acababa de poblarse de *crack*, heroína y ácidos, así como de hordas de cholos, traídos a propósito de San Diego y Los Ángeles, para defender a los narcos de Sinaloa que trataban de apoderarse de la plaza, provocando que las familias cerraran sus negocios para irse a vivir a El Paso. Y vaya que lo sabía Choche porque él había iniciado su carrera como judicial ahí en el viejo Paso del Norte, a pesar de estar tan gordo y tan sotaco. Era sobrino del subdirector de la Policía Municipal, quien lo conectó en la Judicial Nacional para tener un contacto familiar que le facilitara el almacenaje de ropa, electrodomésticos, tenis, juguetes, autopartes o cualquier otra cosa difícil de conseguir en el resto del país, por orden de los narcos de Juárez, para quienes trabajaba. Con esa alianza familiar entre municipales y judiciales se procuraba de alguna manera la paz y la justicia en la ciudad. Pero poco a poco las cosas cambiaron. Algunos dijeron que en Estados Unidos decidieron no aceptar más cargamentos y entonces la mierda se quedó de este lado. Pero no fue eso, sino que al llegar los de Sinaloa y también los Hernández a quitarle la plaza a los locales, el Paso del Norte se inundó de escuincles provenientes de colonias como la Aldama, que andaban en las calles con pistolas 38 metidas en los pantalones. Los *picaderos* se diseminaron como hormigueros. Todo mundo tiraba. Todo mundo traía la *malilla*. En cambio, los tiempos de Choche habían sido más tranquilos. Cuando andaba franco, acostumbraba ir al parque Hermanos Escobar a comer y se dormía un rato sobre el único pasto público en los cientos de kilómetros cuadrados de la polvosísima Ciudad Juárez. A veces llevaba a sus hijos —tenía dos— a El Chamizal, otro parque a unos metros del muro divisorio entre México y Estados Unidos. Los llevaba para jugar pelota y comer carne asada con su exesposa. La mujer ya se había casado con un gringo alto, delgado y de sonrisa complaciente, pero aun así le exigía a Choche la pensión en dólares dictaminada por un juez de derecho familiar del condado de El Paso porque los niños vivían allá. Por eso, Sebastián Fuentes Cielo, su verdadero nombre, se mantuvo en la Judicial, que en Juárez significó muy pronto alistarse en un campo de guerra. Choche estuvo así un rato, tratando de hacerse pendejo sin coludirse con un bando u otro, hasta que se lo dijeron directo: el comandante va a seguir apoyando a los de Juárez, ¿tú con quién te vas?. Y fue así como en automático entró a la lista negra de los de Sinaloa, de los Hernández y hasta del Cártel de Matamoros, que tenía algunas células en el oriente del estado. Sus jefes lo obligaban a bajarse de la patrulla y *limpiar la zona*, es decir, ponerle el seguro a su Beretta 92 o su AK-MS, y espantar a los transeúntes, metiendo a los vecinos a sus casas cuando decía: «Este es un operativo». Y eso era todo. Lo que seguía era dar piso a los enemigos de Juárez. Pero él nunca quiso entrarle a ese jale. Puso su límite y por eso lo confinaron al tercer cinturón de los operativos, a la parte más alejada de la acción. Su sobrepeso de primera le ayudaba a su destino de segunda, que sin embargo lo mantenía vivo. Pero la cosa cambió radicalmente cuando los Hernández cooptaron a los militares y custodios de valores en activo de toda Chihuahua. Y con ellos, comenzaron a ganar la plaza. A borrar la Línea. En respuesta, a Choche le encargaron poner a disposición a polleros, maquiladores y periodistas que trabajaban ya abiertamente para los Hernández. Los de Juárez querían recuperar su ciudad y para eso se necesitaban más placas de la Judicial. Todo iba bien hasta la tarde en la que le ordenaron arrestar a su propio tío, el subdirector de la Policía Municipal de Ciudad Juárez, quien, traicionando al Paso del Norte, había entrado a la nómina de los Hernández.

—No te preocupes, tío, yo veo cómo le hago para sacarte —le dijo.

Pero no lo pudo sacar y ni siquiera le dio tiempo de hablar con el delegado de la Procuraduría en Chihuahua para pedirle el favor. No le dio tiempo, porque el tío apareció muerto horas después en el cuarto de hotel donde lo tenía la Procuraduría. La Línea lo había rafagueado con veinticinco tiros de AK-47, casi la cartuchera entera.

Eso fue demasiado para Choche, pero necesitaba seguir mandando dinero a El Paso para la manutención de sus niños. Temía que la Ley estadounidense, que no se andaba con juegos, lo mandara encarcelar. De este lado temía que lo mataran porque los de Juárez también empezaron a sospechar de algunos judiciales nacionales que comenzaron a aliarse con los Hernández. Eso lo supo en la Reunión Nacional de Procuradores, Policías Judiciales y Agentes Antidrogas de Estados Unidos para Rescatar el Tejido Social de Ciudad Juárez, donde conoció a Pata de Palo, quien, en ese momento, además de judicial era custodio estrella de un famoso empresario de esferas navideñas en Michoacán, a quien ya ungían como el próximo gobernador de ese estado.

—Cuídese si se va a andar por aquí —le dijo Choche al michoacano—. Aquí sí está cabrón. Anoche hubo treinta y un rafagueados cerca de aquí…

—Mejor cuídese usted, andan diciendo que les van a dar piso a varios judiciales nacionales de Chihuahua porque dizque andan en muy malos pasos. Eso acabo de oír decir a algunos colegas…

Cuando Choche escuchó eso, se las olió. No iban a tardar en matarlo. La alerta se encendió porque al siguiente día recibió una «misión especial» directamente del gobernador. Tenía que custodiar, junto a otros dos de sus compañeros recién incorporados, un cuarto de hospital donde convalecían un par de adolescentes que vendían droga para los Hernández. A Choche le pareció rara semejante orden, ya que en Juárez se metrallean a diario decenas de chamacos de todos los cárteles y parecía inverosímil que destacaran a unos judiciales nacionales para cuidar a un par de escuincles mafiosos.

Choche entendió que seguro los iban a acusar de protegerlos. Por eso iba y venía al baño del hospital con el pretexto de que tenía un poco de diarrea, aunque rechazaba los medicamentos que le ofrecían las enfermeras. Y le atinó porque hacia la hora de la comida, con el calorón desértico a todo lo que daba, un comando de ocho judiciales, fieles a los de Juárez, se abalanzaron sobre el hospital abriéndose paso a como dio lugar. Cuatro subieron por las escaleras y cuatro por el elevador. Los primeros llegaron abriendo fuego y dieron el tiro de gracia a los adolescentes, que todavía tenían puesto el suero.

Alguien dijo:

—El gordo no está aquí.

Y entonces corrieron a buscarlo. Dos sicarios entraron al baño de hombres y otros dos al de mujeres, pero no encontraron a nadie. Por la parte trasera del hospital corría Choche quitándole el seguro a su AK-MS, pero procuró no voltear, sino cubrirse con los camiones de basura estacionados en la zona de descargas del nosocomio.

Iba diciendo «es por mi tío, creen que yo también soy un traicionero» cuando vio a un taxista que no quiso hacer la parada al notarle la ametralladora en las manos. Corrió por muchas cuadras jadeando como un puerco acorralado, hasta que entró a un mercado cercano donde, como pudo, se metió a un contendor de basura. El recipiente olía a mierda y verduras podridas pero se aguantó. Eran las tres de la tarde y casi no había gente en la calle, pues a esa hora el calor mata a quien sea. Se quedó quieto, sudando como el hipopótamo que era, listo para vaciar el fusil en la cara de quien osara abrir el contenedor. Su teléfono sonó varias veces pero no contestó. Su plan era quedarse ahí, aguantar hasta que pudiera pensar en algo mejor. Si tenía que pasar toda la noche encerrado, lo haría aunque se congelara con el frío del desierto que de un madrazo desciende a bajo cero. Un par de horas después cerraron el mercado. Le pasaron por encima un par de ratas, pero también resistió.

Ahí dentro, en medio de pedazos de betabeles, acelgas y carne echada a perder pensó en huir a El Paso, donde estaban sus hijos, pero recordó que toda esa ruta estaba en poder de los de Juárez y sería ahí donde irían a buscarlo primero. No había para dónde hacerse. Le cayó la noche. Los ventarrones característicos del Paso del Norte azotaban el contenedor como si fueran bazucazos, por lo que se salió cuando sintió demasiado frío. Escuchó el motor de una camioneta vieja que luego se apagó y de la cual salía música. Se levantó para observar. Era un vendedor de coliflores, quien se había echado a dormir dentro, en espera de quién sabe qué cosa.

—Bájate, no voltees a verme, soy de la Judicial y si me miras le jalo —ordenó Choche poniéndole el rifle en la sien.

El otro no entendió, pero al ver la metra de refilón, levantó las manos.

—Llévate la mercancía —dijo el hombre—. Yo no sé nada, los del mercado me dijeron que me esperara hasta mañana para descargar porque llegué tarde. Vengo de Delicias. Ahí en la guantera hay un poco de feria para mis gastos. No le jales, no seas cabrón, tengo huercos. Llévate la troca si quieres, pero no le jales, yo no hice nada.

Choche le quitó las llaves. Ordenó que se metiera al contenedor y que no saliera de ahí ni aunque se lo pidiera su madre. Choche le aceleró a la camioneta repleta de coliflores rumbo al sur, a Gómez Palacio. No avanzó tan rápido como hubiera querido. La camioneta no daba para mucho y menos con tanta carga.

—Con esta llego hasta Cancún —dijo el gordo, esperanzado.

Se había acordado de que un judicial cojo de Michoacán lo había invitado recientemente durante la reunión de procuradores a irse de guarura a la campaña de un candidato en Quintana Roo, donde todo estaba arreglado y no iban a investigar ni a preguntar nada, porque el candidato cancunense no quería dejar rastro de ningún movimiento.

«A ver si no tengo que lidiar con municipales y soldados como acá, pero no hay de otra, si se pone dura la cosa, me cruzo hasta Guatemala y me sigo hasta Argentina si es necesario. Con suerte se olvidan de mí. Y si me muero allá, pues ya ni modo, aquí iba a ser más rápido».

Iba pensando en eso cuando llegó a Gómez Palacio. Nadie lo seguía. En los retenes militares no lo detuvieron, pero si se ponían perros pues ya era cosa de ver de a cómo les tocaba. Sin embargo, no pasó nada. Y menos de madrugada, cuando era muy normal que una camioneta de Delicias llena de coliflores anduviera por la carretera para surtir las centrales de abasto de la región. Y mucho menos si veían esta conducida por un gordo tragando una de las coliflores crudas para calmar el hambre o comiéndose los burritos fríos que traía en la guantera de la troca.

En efecto, nadie sospechó que aquel gordinflón de pantalón de mezclilla y camisa embarrada de verduras podridas traía una AK-MS y una Beretta 92 en aquella camioneta desvencijada que chorreaba agua puerca por detrás y a la que a cada rato se le caían algunas coliflores, que se iban despedazando en la carretera, semejantes a cabezas que ruedan por el camino hasta detenerse, esperando a que alguien, en medio de la noche, se dé cuenta de que están ahí, abandonadas y como viendo al cielo, esperando a ser aplastadas, estallando en mil pedazos…

Tras la muerte de Choche, Olalde ordenó de inmediato abandonar el campo de beisbol de Carrillo Puerto y salir hacia el siguiente punto: Uh-May.

Con el hallazgo de la cabeza de Choche, la tensión volvió a los líderes de la Marcha. La orden era que guardaran silencio absoluto pues se habían hecho grandes esfuerzos para que la información quedara entre quienes la habían atestiguado: Vázquez, Olalde, su hermano, Rutherford Solís, Oso, Lince, el Falso Costeño, Celeste, Jorge, Pata de Palo, tres jefes de las bases ciudadanas y Tejón Aguilar.

Más tarde, cuando se enteraron, Alejandra estuvo muy callada y las otras dos edecanes lloraban. También Nicté, pero Celeste no.

—Esto pasa todo el tiempo y más en Monterrey o en Tamaulipas, o en Zacatecas —argumentó.

Su reacción era rara, pero no extraordinaria. El terrible hallazgo lo habían controlado bien Oso y Lince, quienes levantaron de inmediato los pedazos de Choche. El Falso Costeño se encargó de barrer la calle con agua y jabón en unos cuantos minutos. Quizás algunos transeúntes trasnochados se dieron cuenta del hecho macabro antes que Vázquez —el primero que vio aquella cabeza mirando al cielo nocturno debido a que había ido a conseguir más alcohol a El Faisán y el Venado—, pero nadie en el pueblo dijo nada. Era como si tampoco aquel terrible asesinato hubiera sucedido. Incluso los que habían atestiguado el hecho se preguntaban si realmente habían visto la cabeza, los brazos y las piernas del comandante regordete tirados a lo largo de la calle o eran producto del desvelo o de la noche, porque en la radio local solo pasaban música y las noticias de un huracán que se avecinaba.

Pata de Palo estaba triste. Pidió ir al frente junto a Tejón Aguilar y Celeste. Se le veía el rencor en el rostro y llevaba una AR-15, que nadie supo de dónde sacó.

Oso autorizó su nueva posición y mandó a la retaguardia al Falso Costeño y a Lince. Quizás era buena estrategia: un hombre enojado se comporta mejor en el frente de guerra.

La Marcha llegó a Uh-May, a diecinueve kilómetros al sur de Carrillo Puerto, sin contratiempo. Todo parecía irreal y más con la noticia de que se avecinaba un huracán, lo que no coincidía con el calorón que reinaba en el ambiente.

Olalde, por su parte, estaba irascible. Para prevenir deserciones, el candidato decidió asignar todo el presupuesto a contratar el doble de escoltas, por lo que ordenó a Oso que regresara a la Ciudad de México a buscar refuerzos, así fuera un batallón o un regimiento completo y costara lo que costara.

Iba a gastarse todo el presupuesto que le quedaba en más guaruras y comentó el plan con los jefes de las bases ciudadanas, en quienes encontró total oposición.

—Nadie va a continuar si no les pagan —dijo uno de ellos. Olalde subió la voz:

—¡No le voy a pagar a nadie! Si lo hago, la gente se va a desbandar por completo y más si se enteran que me destazaron a un comandante —el candidato trató de calmarse—. Mis primos y Peniche ya están hablando con la Liga Empresarial de Quintana Roo para que inyecten más dinero. No se preocupen. Todo va a salir muy bien. Todos me van a apoyar.

Varios jefes de las bases ciudadanas torcieron la boca.

—Pues andan diciendo otra cosa —aventuró uno de ellos.

—¿Qué estás diciendo, cabrón? —preguntó Olalde agresivamente. El hombre tragó gordo.

—Andan diciendo que en Chetumal va a acribillarnos el Ejército —respondió aquel mando medio—. Aseguran que la Guarnición Militar de Subteniente López nos está esperando. Van a argumentar que estamos armando una rebelión.

—¿Una rebelión? —Chucho se tensó—. Pero si esto apenas es una vil marcha…

—Eso andan diciendo, no sabemos si es cierto…

El candidato pegó en la mesa. Le habló a Tavira, a Peniche. No habían oído hablar nada de eso. Le marcó a su hermano. No tenía ni idea. El cielo oscurecía, a pesar del calor; parecía que, en efecto, iba a haber huracán.

—Reúne a los primos en Bacalar, necesitamos hablar —le dijo a su hermano—. Es increíble que no sepas y me entere por otra gente. Jálate a tus municipales; nos quieren chingar muy cabrón.

—Tal vez deberíamos pararle aquí… —dijo el hermano.

—No vamos a hacer eso —contestó Olalde—. Voy a ordenar a Rutherford que saque a mis niñas, a tu mujer y a la mía de Quintana Roo. Si le paramos a este desmadre, de todas maneras van a encontrar la manera de refundirnos en la cárcel por obstrucción de caminos federales o cualquier mamada. Me voy a quedar hoy en Uh-May; mañana avanzaré hacia Andrés Quintana Roo y luego me voy a desviar a Nohbec, donde está uno de los regidores del partido, para hacer tiempo. Llegaré después a Limones y de ahí me desviaré a Chacchoben, en lo que te juntas a los primos, ¿entendiste?

Con ese plan, Oso tenía más de noventa y seis horas para regresar con los refuerzos. Al otro día los integrantes de la Marcha, a la que se le había sumado un gran número de personas en Carrillo Puerto, cubrieron los veintinueve kilómetros que los separaban de Andrés Quintana Roo. Fue tan extenuante el camino que hubo que transportar a las mujeres, ancianos y niños, y a varios rezagados, a bordo de camiones y camionetas. Parecía cada vez más irreal lo que estaba pasando porque al llegar al quiosco principal solo había algunos hombres en bicicleta y muchachos jugando futbol cerca de la escuela primaria Melchor Ocampo. Al ver a Olalde, la gente se alejó. Los que jugaban en las canchas eran los pandilleros locales. A ellos no les importaba si llegaba un excandidato o el presidente.

Olalde buscó al jefe de las bases ciudadanas de aquella localidad. El hombre le contestó que habían convocado a la gente pero que nadie había querido asistir.

—Eres un pendejo —le espetó Olalde.

Chucho se encerró en la casa de aquel hombre. La caravana, por su parte, se instaló en las canchas. El cielo comenzó a nublarse y en la radio sonaba mucha salsa cubana y bolero. En las noticias de Chetumal nadie mencionaba la Marcha, sino la amenaza de huracán.

Lince y Celeste montaron guardia en la casa donde se había refugiado Olalde. El Falso Costeño y Pata de Palo, en cambio, rodearon la cancha para establecer un cerco. Al poco rato, sucedió: los pandilleros retaron a jugar a los mandos de la campaña. Gente del excandidato *vs.* vándalos de Andrés Quintana Roo. Los postes de la portería fueron simulados con piedras y todo mundo se arremolinó alrededor. A Pata de Palo y al Falso Costeño no les había gustado la idea.

—Así empiezan los motines en las cárceles —dijo el michoacano.

Guillermo Toscano se había puesto en la portería y varios jefes de las bases ciudadanas se repartieron la media. Jorge no era bueno para el futbol, pero le insistieron y aceptó ser defensa. Salgado, el camarógrafo, sería el delantero.

—Al menos disfrutemos nuestra última vez —dijo Salgado, irónico, aludiendo a los rumores sobre la probable emboscada que les tendía el Ejército.

Los locales les dieron una paliza. Nueve goles a dos en

cuarenta y cinco minutos. Aquellos pandilleros jugaban sin camisa, con el torso marcado, dueños de la situación. Cuando terminó el partido, Jorge se tiró al piso, no importándole quemarse con el cemento de las cinco de la tarde. Estaba exhausto. El cielo se oscureció. Le cayó una gota en la cara. El viento húmedo del Caribe hizo correr a todos. La gran tormenta había llegado.

Caían ráfagas de agua azotando por todos lados. No se distinguía nada de tanta lluvia.

Cuando la gente llegó a sus tiendas, a las camionetas y a los camiones, se dieron cuenta de que faltaba dinero, perfumes, rasuradoras, desodorantes, estéreos, llantas de refacción, herramientas y gatos hidráulicos.

La goliza solamente había sido el símbolo de adónde habían llegado.

Pasaron ahí toda la noche y parte del día siguiente. El cielo escampó un poco hacia las once de la mañana y Olalde ordenó a todos salir rumbo a Nohbec, adentrándose diez kilómetros en la selva. Cuando llegaron, todo estaba nublado de nuevo. Eran casi las tres de la tarde y todavía chispeaba. Pasaron la noche en esa localidad que significa «roble grande», lugar donde lo apoyaría el regidor de la Izquierda Moderna con dinero y comida para el contingente. A medianoche los miembros de la Marcha pudieron escuchar a los grillos, víboras y a los pocos jaguares que aún protegen aquella enorme reserva forestal.

Al otro día regresaron por el mismo camino para avanzar hacia Limones, ya sobre la carretera a Chetumal. Poco antes de llegar había una camioneta negra esperándolos. Celeste cortó cartucho. Se le vino a la mente el atentado y la cabeza de Choche mirando al cielo con los ojos tristes. Olalde se puso pálido. De la camioneta negra se bajó un hombre armado, con un viejo FN-FAL con cadencia de 650 tiros, alcance de 500 m, accionada por gas. Chucho sudó frío a pesar de la lluvia tibia que caía. Había mandado a Rutherford Solís a sacar a su familia de Quintana Roo y ahora no tenía quién lo tirara al piso, lo cubriera y le ordenara que se tapara los oídos en lo que Celeste o Tejón Aguilar repelían el ataque. Junto a aquel hombre desconocido del FN-FAL se hallaba otro, que se bajó de la camioneta. Habían pasado apenas tres días y Oso estaba ya de vuelta. Traía a los refuerzos. La caravana no se detuvo, ni tampoco el excandidato.

—¿Solo uno? —le preguntó Chucho a Oso, visiblemente enojado, limpiándose las gotas que le caían en los ojos.

—Con este es suficiente, candidato —dijo Oso, siguiéndolo—. Aquí hay gente que lo conoce y sabe bien cómo trabaja.

Se refería a Tejón Aguilar, quien se tensó cuando vio a aquel nuevo elemento.

Chucho se encabronó.

—Las cosas han cambiado. No solo es lo de Choche, hay pedos más grandes que ese. ¡Uno no me sirve!

Olalde aceleró el paso. Oso le explicó. El «refuerzo» venía de Tijuana y había conocido a Tejón Aguilar en la Región Militar de Tecamachalco, Puebla. Tejón era de Sabancuy, Campeche, hijo de padre pescador. El nuevo elemento, a quien Tejón y el propio Oso se referían como *el Poseído*, había nacido en cambio en la capital poblana. Ambos eran morenos, pero muy diferentes. El Poseído era corpulento y Tejón más delgado, más hecho a la costa. Justo ese detalle le había valido a Tejón salvarse en El Petén, en Guatemala, a donde los militares de Campeche querían enviar a Celeste y donde aquellos dos hombres, en su calidad de exmiembros de las Fuerzas Especiales del Ejército Mexicano, tomaron uno de los cursos más terribles de todo el mundo, del que a cada rato sacaban soldados muertos. El Poseído era sin duda más indio, más ladino, más callado, más del centro de la República, de las zonas donde el hambre forja el carácter; era bueno para ubicarse, para no comer, para no dormir, para no hablar, para ignorar la necesidad de cagar. Sabía orinar en círculo para dormir dentro de él y evitar a las víboras, que se asquean con el olor humano. Los dos hombres eran diferentes pero ambos tenían el mismo entrenamiento: estaban preparados para desarrollar despliegues rápidos por tierra, mar y aire, efectuar operaciones de emboscada y operaciones en la sierra, así como búsqueda y rescate de rehenes en zonas urbanas. Solo se diferenciaban en que el Poseído era especialista en explosivos y Tejón Aguilar era un distinguido francotirador.

En su infancia, al Poseído lo enviaron sus padres, de origen muy humilde, a un seminario, quizá con la esperanza de que cuando creciera los curas lo acercaran a Dios y lo atrajeran al muy remunerado oficio de sacerdote católico. Sin embargo, cuando cumplió los doce lo corrieron por haber querido matar al rector de la institución. Se acercó a la cama donde el cura dormía y con sigilo juntó sábanas y le prendió fuego. El prelado gritó tan fuerte al verse rodeado de llamas que no dudó en ponerle una golpiza a aquel niño «poseído por el demonio» e hizo todo para que lo mandaran a la cárcel para jóvenes infractores. Pero el chico se escapó. Habían abusado de él y de otros diez niños en el convento y no pensaba permanecer en la cárcel para que eso siguiera pasando. Regresó con sus padres sin decir nada y después alternó la secundaria con los oficios de cargador y bolero hasta que llegó a la famosa Preparatoria Calderón de la Universidad Estatal de Puebla, donde lo invitaron a ser porro porque se rompía la madre como nadie. Le empezaron a pagar para que secuestrara camiones y protestara todo el día frente a las oficinas del gobernador hasta que, una tarde, un líder popular lo vio aventar botellas de vidrio con gasolina y estopa encendida hacia los granaderos que resguardaban las instalaciones y pensó que al fin veía a un muchacho con güevos. El líder local de vendedores ambulantes no dudó en ofrecerle un sueldo para que fuera su aprendiz de guarura, sin embargo terminó corriéndolo porque a aquel muchacho le gustaba excederse en las madrizas a los políticos o a los periodistas que se oponían al líder. El Poseído se quiso redimir después en los bomberos, donde aprendió el manejo de artefactos altamente inflamables. El destino jugó en su favor porque los tragafuegos lo mandaron a capacitarse a la Región Militar de Tecamachalco, que en ese momento estaba reclutando jóvenes para integrar un Grupo Automotor de Fuerzas Especiales, agrupación de élite que iría a contrarrestar la expansión de la guerrilla mexicana en Chiapas. Como el Poseído sabía lo que era la disciplina, lo invitaron a reclutarse, a pesar de no tener antecedentes militares ni tampoco la edad requerida, pues ya sobrepasaba los veinte años. Tenía lo que otros no: experiencia en grupos de choque y manejo de explosivos. Y sobre todo, estaba loco. En Puebla, el Poseído conoció a Tejón Aguilar. El Grupo Automotor estaba siendo conformado con jóvenes aindiados de la meseta central y el trópico. Todos ellos fueron a Chiapas y regresaron esquizofrénicos. Disparar contra indígenas les pareció hacerlo contra un espejo que se hace añicos. Todos tenían algún familiar en esas zonas de los Altos de Chiapas, donde la guerrilla se convirtió en problema de Estado y nunca se pudieron quitar de la cabeza que tal vez las ráfagas de los fusiles Morelos, creados por el propio Ejército, eran demasiada fuerza contra indios con escopetas de caza de la época de la Revolución, porque no fue cierto que trajeran rifles de palo. Cómo iban a ser de palo si una bala de los mentados indios patarrajada le dio a uno de las Fuerzas Especiales en el ojo y fue por eso que abrieron fuego no solo con los Morelos, sino con los G3 y el FX-05 Xiuhcóatl, la «serpiente de fuego», con alcance de 200 a 800 m y cadencia de 750 disparos por minuto. Eran jóvenes y por las noches, en medio de la selva, no dejaban de soñar cómo volaban las cabezas, los brazos y las manos de los chiapanecos a causa de las granadas de fragmentación RD que el Poseído colocó bajo orden expresa de su sargento en el antiguo mercado de Ocosingo. Ya después al Poseído y a Tejón Aguilar, así como a otros de las Fuerzas Especiales, los dieron de baja al tratar de desmantelar aquella corporación y no dejar huella de lo sucedido en Chiapas. El Poseído fue a parar a Tijuana como jefe de escoltas de un candidato estatal, pues con ayuda de algunos coroneles fue colocado dentro del Alto Mando de Seguridad de Baja de California. Pero todo cambió porque aquel candidato perdió, lo que trajo el caos, y el nuevo Gobierno comenzó su gestión sin amarres ni acuerdos, pues ya se sabe que inocencia o perversión son la misma cosa. Estando en Tijuana, al Poseído no tardó en llegarle la oferta del Cártel de Baja California: «El nuevo Gobierno está dejando que los de Sinaloa y los Hernández nos chinguen el negocio, ¿te vienes con tu gente?». El Poseído aceptó, pero se arrepintió después porque una cosa es cuidar a un candidato y otra defender la plaza contra hordas de exmarines gringos y rancheros cooptados por los de Sinaloa, o bien, policías municipales y soldados respondiendo a las órdenes de los Hernández.

A Oso lo había conocido precisamente en la frontera de Baja California, en Guadalupe Victoria, cerca de Mexicali, durante un tiroteo en contra de los sinaloenses. Ambos se habían perdonado la vida porque el hombrón sonorense tenía la instrucción de pasar un cargamento de coca en el territorio de los bajacalifornianos para provocarlos, para acelerar la guerra, pero estaban resultando demasiados muertos por ambos bandos, hasta que Oso se quedó con un solo escolta y al Poseído se le habían muerto siete gentes. Se reconocieron: habían estado en alguna reunión de judiciales nacionales y hasta habían hecho amistad. En seguida decidieron parar la balacera porque, como se dice entre policías y militares, «perro no come perro».

Por eso, cuando las cosas se pusieron mal en Quintana Roo, Oso se acordó de aquel amigo que estaba acostumbrado a detener el avance de los Hernández y del Cártel de Sinaloa, al que el propio Oso había pertenecido. Era claro, la situación en la Riviera Maya indicaba solamente una cosa: que la guerra había llegado al sur. La frontera norte se había recorrido hasta Belice y, para pelearla, Oso necesitaba del Poseído.

El Poseído dudó de la oferta, sabía que allá en Quintana Roo estaba Enrique Aguilar de Jesús, alias Tejón, a quien recordaba claramente en sus tiempos del Grupo Automotor de Fuerzas Especiales del Ejército y por aquellas noches de pesadilla en las selvas chiapanecas, aunque, hasta donde él recordaba, Tejón Aguilar tenía experiencia en guerras de guerrillas, pero no en guerras del narcotráfico.

Sin embargo se equivocaba.

Y mucho.

En los cursos de las Fuerzas Especiales del Ejército, el Poseído y Tejón Aguilar asistieron a:

- Curso de supervivencia
- Curso básico de fuerzas especiales
- Curso antibombas y demolición
- Curso contraguerrilla y contraterrorismo
- Curso Kaibil, Hoguera del Petén
- Curso Escuela de las Américas
- Curso *Rangers*
- Curso Lanceros de Colombia
- Curso Tigres del Ejército de Panamá
- Curso de operaciones urbanas
- Curso asalto a edificios
- Curso emboscadas
- Curso operaciones en la sierra
- Curso operaciones en el desierto
- Curso subacuático
- Curso aeromóvil
- Curso especial de artes marciales
- Curso de protección a funcionarios
- Curso infiltración
- Curso brechadores

Los adiestraron en las siguientes armas:

- Carabina M-4
- Rifles de asalto M-16 y AR-15
- Fusil FX-05, creado en México con base en diseños del G-3 y AK-47
- Fusil MP5
- Fusil G3
- Fusil Morelos
- Rifle M-14, de mira telescópica
- Rifle de precisión M24-A3
- Ametralladora MAG
- Ametralladora ligera M-249 de 5.56 mm
- Rifle Barret «Cincuenta Ligero» M82 (SASR, alcance 1.5 a 2.5 km, con mira telescópica, balas antiblindaje incendiarias, antimaterial)
- Rifle Remington 700 (de precisión)
- Pistola Heckler & Koch P7 M13
- Pistola Pietro Beretta 92
- Sistema Corner Shot (disparo a esquina mediante una cámara) para disparos de pistolas 9 mm a objetivos fuera del campo visual lineal
- Lanzacohetes antitanque RPG-7

Lemas de combate:

- «La mente domina al cuerpo»
- «Si avanzo, sígueme; si me detengo, aprémiame; si retrocedo mátame»
- «Ni la muerte nos detiene»
- «Ningún soldado atrás»
- «Un disparo, dos muertos»
- «Dios y patria»

Curso favorito del Poseído:
  • Operaciones en el desierto

Curso favorito de Tejón Aguilar:
  • Operaciones subacuáticas

Tejón Aguilar nació en Sabancuy, Campeche, un paraíso natural al sur del golfo de México, famoso porque en sus playas desovan las tortugas de carey. En las aguas saladas de la laguna de Sabancuy, brazo de aquel mar, abunda el camarón, la lisa, la jaiba, el pulpo y el robalo. Gran riqueza en un estero absorbido por los miembros de la Asociación de Pescadores de Sabancuy, que levantan camarón por toneladas; no así los pequeños pescadores de a pie, que en las vedas optan por lanzarse a la selva a cazar venado o pato para vender en los restaurantes de Campeche capital o Villahermosa. Aquella laguna por donde se oculta el sol se conecta al mar por un gran puente que comienza en el malecón, el quiosco, la Presidencia Municipal y la iglesia del Sagrado Corazón de Jesús. Los de la región dicen que Sabancuy es el lugar más hermoso de la República, pero la mayoría de los pescadores emigra porque no hay trabajo. Cuando Tejón Aguilar cumplió diecisiete, su vida lo llevó a Puebla. A su padre nunca lo quisieron admitir en la Asociación de Pescadores y no lo iban a aceptar, por pretender a la sobrina menor de un miembro de la Asociación y casarse con ella. Por esa razón pasaron las de Caín. La familia no salió de la pobreza, sino hasta la época en la que Tejón entró al primero de preparatoria y su padre decidió vender su única lancha para comprar un caballo. ¿Un caballo? Sí. Un caballo. Era un pinto, de carreras. El negocio que se le había ocurrido era riesgoso pero ya no quería seguir así, como un vil pescador más de Sabancuy, ninguneado por todo el mundo. El padre de aquel adolescente que en realidad respondía al nombre de Enrique Aguilar de Jesús sabía bien que en la región de Veracruz, Campeche y Tabasco, siempre se ha acostumbrado correr caballos, apostar, tomar y divertirse. Y que en esas lides corre mucho dinero. Comerciantes, políticos, mandos de la policía, soldados de medio rango, así como todos los hombres importantes de Sabancuy, acudían a ellas. Así que ni siquiera lo pensó cuando un teniente de la Región Militar de Escárcega, ahí mismo en Campeche, le ofreció venderle un pinto durante uno de los paseos que hizo el uniformado al estero de Sabancuy. El precio era demasiado para un caballo viejo, pero aun así el padre de Enrique lo compró en tres pagos, uno cada cuatro meses. El teniente se lo dijo claro: que el pinto ya no servía más que para correderas de pueblo, pero como las carreras de la región de Sabancuy (las de las fiestas patronales y las clandestinas) no eran de grandes vuelos, el padre de Enrique aceptó. Veía en el animal la posibilidad de salir adelante y no seguir siendo visto como un pendejo. La mamá de Enrique se encabronó. Su esposo había vendido el único patrimonio que tenían.

Es un mal negocio, le dijo la mujer, pero ya se sabe que a la prudencia femenina nadie le hace caso.

Como era de pensarse, el papá se obsesionó con el pinto, que tenía dos manchones en el costillar y uno en los cuartos traseros. Era un tres seis, cuarto de milla auténtico. El teniente le había nombrado justamente *Tejón* porque acostumbraba meterse a las casas de su rancho en Escárcega —a ochenta kilómetros de Sabancuy— a olisquear azúcar, como aquellos pequeños mamíferos de la región. Con ese caballo el padre de Enrique comenzó a ganar en las rancherías aledañas a Sabancuy y en las ferias patronales de los alrededores. Ya estaba viejo el garañón pero aún tenía rienda y conservaba la alzada. Enrique y su hermano Gilberto, de doce años de edad y casi ciego de nacimiento, pasaron de un día para otro a ser la celebridad porque en aquel caserío de pescadores en el que vivían comenzaban a tener dinero. Poco a poco pudieron poner fosa séptica a la casa para que la mierda oliera menos. También comenzaron a echar el segundo piso, todo un símbolo de poder en un Sabancuy de casas de una sola planta y piso de tierra. El jinete iba cada fin de semana a correr a Tejón en un rancho alquilado en Chekubul, a dieciséis kilómetros de Sabancuy, en una pequeña pista de doscientos metros, hecha con tepetate y arena. Todo iba bien. Los problemas comenzaron cuando meses después llegaron unos militares de Escárcega a investigar el origen del animal, puesto que los cuarto de milla en esa región solo pertenecían a los militares.

—El teniente que se lo vendió anda en malos pasos y en una de esas usted trabaja para él —le dijeron.

El papá de Enrique les demostró que lo había comprado en buena lid.

—Mejor véndalo y regrésese a la pesca —le respondieron aquellos hombres.

Pero el papá de Enrique no lo vendió. Siguió ganando y extendió las carreras a las ferias de Calkiní, Ciudad del Carmen, Champotón, Perla del Golfo y Hopelchén. Luego muy hacia el norte, a Veracruz, Hidalgo y Puebla, donde uno de sus hermanos vivía. Ganó en Tajín, Apan y Tecamachalco. Comenzó a perder porque el jinete que corría al animal ya no quería ir tan lejos y tuvo que contratar a corredores en esos estados. Perdió la cabeza porque sacó a Enrique de la escuela para que lo acompañara a todas partes, hasta que en San Rafael, en Veracruz, cerca de Nautla, varios rancheros de Tamaulipas, que se divertían en aquella localidad veracruzana y que dijeron conocer Sabancuy, quisieron matarle al caballo. Además iban perdiendo las apuestas en contra de un par de militares de Puebla. Se armaron los balazos. Aquellos rancheros tamaulipecos huyeron. En cambio los militares poblanos, sabiendo el origen castrense del caballo, entablaron amistad con el papá de Enrique y lo convencieron de enrolar al muchacho en Puebla, aprovechando que su tío vivía ahí. Y el padre de Enrique aceptó. Era una forma inocente de protegerlo de los rancheros de Tamaulipas que amenazaron con ir a buscarlo a Sabancuy para cobrarse la derrota. Un mes antes de que Enrique pidiera su alta en la Región Militar de Tecamachalco, Puebla, su papá le pidió que le ayudara a organizar una de las últimas corridas de Tejón, el cual había agarrado una gran racha de carreras ganadas. Era el Día de la Santa Cruz, el 3 de mayo, fiesta local de Sabancuy que celebra a la Virgen del Estero. Ese mismo día su papá le dio dinero para que paseara por el malecón y para que le comprara un regalo a su mamá y a Gonzalo, su hermano. Pero lo primero que hizo Enrique fue invitar a salir a una de las hijas del quinto regidor de la Presidencia Municipal, muchacha que en ese momento tenía unos dieciséis años. Parecía que iba a repetir la historia de su padre, al salir con alguien que no era de su clase. Esa tarde, durante la carrera, iban a cruzar apuestas los miembros de la Asociación de Pescadores de Sabancuy y unos militares de Escárcega. No estaba entre ellos el antiguo dueño del caballo porque ya lo habían dado de baja. En un acto ilegal en el mundo de las carreras, el papá de Enrique apostó por sí mismo, es decir por Tejón, al que también le habían apostado todo aquellos militares de Escárcega. Si la carrera funcionaba, había planeado comprar varios caballos más y el barco que siempre había soñado. Un barco. Un buque pequeño azul y blanco con doble cabina, redes colgando del mástil y motor diesel de doble garganta. Tendría finalmente las dos cosas más importantes en Sabancuy: un barco y un rancho con caballos. Terminaría el segundo piso de su casa y compraría tierras para criar verdaderos pura sangre. Por su parte, Enrique llevó a la hija del quinto regidor de Sabancuy al único restaurante del malecón donde se come exquisito robalo, casi en la esquina de la Presidencia Municipal, y luego se dirigió con ella al Cinema Piscis; su idea era llevarla posteriormente más allá de la terminal de autobuses para hacer cosas más prohibidas. Le estaba metiendo la mano en la blusa en aquella sala cinematográfica, cuando el hermano casi invidente de Enrique entró al cine gritando:

—¿¡Dónde está Enrique!? ¿¡Dónde está Enrique!?

La gente se espantó. Enrique dejó de apretar el pezón de la chica.

—¿Qué pasó? —alcanzó a balbucear el hijo mayor de los Aguilar.

—¡Balacearon a papá!

Enrique corrió a la salida. Pasó por el mercado hasta el malecón y vio a su padre, quien había sido arrastrado con un lazo grueso amarrado a la defensa trasera de una camioneta y rematado con dos disparos en el abdomen y dos en la cara. Su madre estaba tirada junto a él lanzando gritos. Cuando vio llegar a sus dos hijos se desmayó, como si hubiera estado aguantando hasta que Gonzalo encontrara a Enrique. La carrera de Tejón se había realizado justo al tiempo que Enrique había ido al cine con la chica. Su padre lo había protegido una vez más, alejándolo del peligro. Tejón había ganado en favor de aquellos militares de Escárcega, y con ello, el padre de Enrique se había beneficiado a sí mismo, por lo que varios miembros de la Asociación de Pescadores de Sabancuy se enfurecieron, y más cuando se enteraron de que los militares le habían dado cocaína al animal para que ganara. Enrique enterró a su padre en el cementerio municipal, en cuyo sepulcro puede verse la proa de un gran barco de madera pintado de azul y blanco que dice «Tejón», en honor a aquel caballo que los mismos miembros de la Asociación sacrificaron con varios balazos hasta que se le desprendieron las patas y parte de la cabeza. La lápida también tenía una inscripción que decía: «Fue un esposo y padre ejemplar. Papá sabe bien que ahora está en la morada de Dios. Adiós, padre querido. Recuerdo de esposa e hijos». Como broma del destino, la casa de la familia Aguilar de Jesús colindaba en su parte trasera con el propio panteón municipal. Por petición de su madre y temiendo una suerte similar para su hijo por la relación pecaminosa que llevaba con la hija del quinto regidor, Enrique había aceptado enrolarse en la Región Militar de Tecamachalco, Puebla, aprovechando el domicilio de su tío. Fue uno de los militares poblanos que tiempo atrás había defendido a su padre en aquella carrera de caballos en San Rafael, Veracruz, quien le dijo que la muerte de su papá no había sido una casualidad, ya que sabía de siempre que los miembros de la Asociación de Pescadores de Sabancuy prestaban sus camiones de camarón y jaiba para transportar la cocaína del Cártel de Matamoros que se descargaba en Tenosique, Ciudad del Carmen o Mérida y que después se llevaba hasta Xalapa, Puebla o Pachuca, donde a su vez se embarcaba en ferrocarril hasta la frontera con Texas. El padre de Enrique sabía también que no le iban a perdonar que se burlara de ellos en San Rafael y menos ahora que se había coludido con los militares de Escárcega que a su vez estaban cada día más involucrados con los Hernández. Por esa razón, los de la Asociación de Sabancuy tenían que ponerle un correctivo al padre de Enrique y se lo pusieron. Y lo hicieron frente a todo el mundo en aquel malecón donde Enrique también se había burlado de ellos paseando a aquella muchachita hija de un regidor, justo en el mismo lugar donde hay un enorme letrero colgado de la pequeña Presidencia Municipal que dice: «Bienvenidos. Sabancuy significa en maya, *serpiente que muerde el tobillo*. Feliz estancia».

—Uno no me sirve —dijo el candidato en Limones, sin detener el paso, despreciando a aquel hombre moreno de mediana estatura, con cara aindiada, malencarado, de cabello lacio y mirada ida, al que apodaban *el Poseído*, quien al ver a Tejón le extendió la mano sin ningún otro gesto, mientras este fingía una sonrisa, pues no le había gustado verlo por Quintana Roo.

—Me quieren matar, no necesito solo a un elemento, necesito un ejército —le aseguró Olalde a Oso.

—Justo eso es lo que le traje —contestó Oso.

Olalde respondió que hablarían después, cuando llegaran a Chacchoben. Estaba inquieto. ¿Y si el recomendado de Oso estuviera ahí con la misión de preparar el camino para que el Ejército acabara con todos de una vez? ¿Dispararían los militares a mujeres y a niños? ¿Celeste y Tejón Aguilar serían capaces de repeler el ataque? ¿Cómo se verían los cadáveres regados por el piso, llenos de sangre, despedazados por las municiones de los M-16 reglamentarias? ¿Debería contratar al Poseído, de quien nunca había oído hablar?

Chucho Olalde se sentó en una banqueta. Sentía calientes los pies y cojeaba, pero se aguantó. Oso y el Poseído cuchicheaban a lo lejos. En un arranque de locura, sintió el impulso de contar a la gente que lo acompañaría en su avance sobre Chetumal. Eran Alejandra, Renata y Esmeralda, que sumaban tres. Sánchez Zamudio, la pequeña reportera, el chofer Peña, Guillermo Toscano y el camarógrafo, Pedro Salgado, cinco más. Iban ocho. Oso, Celeste, el Falso Costeño, Tejón Aguilar, Pata de Palo, Lince y Vázquez, otros siete. Quince. Habría que sumar al Poseído si es que decidía contratarlo, lo que daba un total de dieciséis personas del círculo cercano. Habría que sumar cinco jefes de las bases ciudadanas. Veintiuno. Las cocineras, otras cuatro. Veinticinco. Si cada uno de los cinco jefes de las bases ciudadanas traía consigo unas veinticinco personas incondicionales, entonces se podría hablar de las siguientes cantidades:

$$25 \text{ personas de las bases ciudadanas}$$
$$\underline{\times\, 5 \text{ jefes}}$$
$$125 \text{ incondicionales} + 25 \text{ del } staff = 150$$

Ciento cincuenta. A ellos habría que sumar unos 500 o 600 seguidores (550 sacando la media) que no se le habían separado desde Uh-May, lo cual daría un aproximado de 700 personas. De acuerdo a sus cálculos, al menos 50 simpatizantes se les sumarían ahí, en Limones, y otros 20 en Chacchoben. De esa manera, tendría:

$$700 + 50 \text{ activistas de Limones} + 20 \text{ de Chacchoben} = 770$$

Entonces pensó: si el Ejército los atacara empleando al menos 15 pelotones (de cinco soldados cada uno, es decir 75 soldados), se tendría la siguiente operación:

$$770 \text{ personas} \div 75 \text{ soldados} =$$
$$10.26 \text{ personas muertas por cada soldado}$$

Lo anterior implicaría que cada uno de ellos debía aplicar una cadencia de tiro de por lo menos 8 a 10 disparos por ráfaga para poder abarcar a tal tasa de personas. Eso se complicaría tomando en cuenta que la gente estaría corriendo y que la posibilidad de fallo por parte de cada soldado podía ser considerable, pues no cabría duda de que el Falso Costeño y Pata de Palo desenfundarían sus 38 especial de ocho tiros. Oso, Vázquez, y Lince dispararían sus 45, de 15 detonaciones. Si esto se diera así, se tendría que contar también el FX-05 de Celeste, el AR-15 de Tejón y el FN-FAL que traía el Poseído, que si usaban cargadores de 30 balas y no de 45, se podría hablar de un fuego de defensa de:

Tres pistolas 9 mm o 45 ACP	45 tiros
Lince, Oso, Vázquez	
Dos pistolas Magnum, calibre 38 especial	16 tiros
Falso Costeño y Pata de Palo	
Tres fusiles, AR-15, FN-FAL y FX-05	90 tiros
Tejón Aguilar, el Poseído y Celeste	
	151 tiros
	por ráfaga

Así, 151 tiros para proteger a las 770 personas representaría una efectividad de defensa del 19.61%, con un posible saldo desfavorable de:

  770 personas entrando a la ciudad de Chetumal
- 151 tiros que los protegieran
  619 personas muertas, en una sola exhibición

El balance no le gustó. Iba a rehacer las cuentas en el caso de que al menos Celeste, Tejón Aguilar (y tal vez el Poseído) dispararan desde las bateas con cargadores de 45 municiones. Y que además Pata de Palo cambiara su Magnum 38 por aquella metralleta AR-15 que había aparecido en sus manos tras la muerte de Choche. En eso estaba Chucho cuando intentó caminar pero ya no pudo. Se sentó de nuevo y se revisó las calcetas. Tenían manchas de sangre. Cuando se las quitó, se dio cuenta de que los dedos de sus pies se había despellejado por la parte de abajo. Jorge tuvo el tino de tomar una foto y enviarla a todos los periódicos tanto locales como nacionales para que se corroborara el esfuerzo que estaba haciendo Olalde.

Por esa razón, el excandidato ya no quiso llegar a Chacchoben, pues le dolía aquel despellejamiento, y mientras se aplicaba un ungüento, accedió a escuchar ahí mismo el proyecto de defensa de Oso y el Poseído.

—Con todo respeto, señor —dijo Oso presentando su plan conjunto—, si usted quiere ser gobernador va a necesitar fuerzas de seguridad y este es el momento para conformarlas. El Poseído plantea traer a un grupo de personas clave para contrarrestar una posible emboscada.

Tejón Aguilar se acercó a ellos para participar en la plática.

—Tenemos gente que puede infiltrar el mando militar —dijo el Poseído.

—De qué me está hablando este hombre —dijo el excandidato, buscando los ojos de Oso.

Olalde se levantó cojeando y se dirigió a una camioneta con la finalidad de que nadie los oyera. Dentro del vehículo, el Poseído encendió un cigarro. Tejón espantó el humo.

—Usted pone el dinero, las influencias y el tiempo —dijo el Poseído—. Nosotros necesitaríamos sacar a cuatro personas de las cárceles de Chiapas y traerlos aquí. Son tres hombres y una mujer. Usted puede hacer eso. Su tío es el responsable de los reclusorios en ese estado. Nosotros mismos podríamos transportar a estos mandos. Los tres hombres conocen al jefe de la zona militar de aquí. La mujer no es militar.

Olade se pasmó. ¿Quiénes eran realmente estos hombres? Conocían a su familia y, sobre todo, sabían algo que él mismo no sabía: quiénes querían matarlo. Volteó a ver a Tejón

Aguilar y se le heló la sangre pensando que él también sabía todo de su vida. Tardó en articular palabra.

—Debo entender que Celeste también está metida en este asunto...

—Ella no sabe nada. La mujer solamente sabe apretar el gatillo y ya vio usted con qué precisión —dijo Oso pidiendo al Poseído un cigarro. Este sacó un encendedor de flama alta. Tejón, quien se preciaba de seguir siendo un atletla, rechazó la invitación.

—Creo que usted mismo no dimensiona en qué está metido, candidato —dijo el Poseído—. Los militares, el gobernador y muchos empresarios de Quintana Roo lo ven a usted como una amenaza. Y no solo ellos: los de Yucatán, los de Campeche y hasta los de Tabasco. Me sorprende que no lo sepa.

Olalde estaba muy nervioso y también pidió un cigarro.

—Hay algo que no entiendo —dijo el excandidato—. Para qué me servirían cuatro personas que, por muy entrenadas que estén, no podrían hacerle nunca frente a una amenaza del tamaño de la que se supone prepara el Ejército. Necesitaríamos sesenta o setenta hombres como mínimo para repeler un ataque, según puedo calcular.

El humo se había encerrado. Tejón bajó el vidrio. El Poseído contestó:

—Las personas que queremos traer operan el Cártel Independiente de México en Chiapas. Ellos podrían juntar a unas sesenta personas de Quintana Roo que conocen muy bien a las tropas de la 55ª Guarnición de Subteniente López, allá en Chetumal. Para hablar en plata, nuestros amigos no tendrían empacho en romperles la madre. Eso representaría mandar también un mensaje a los Hernández, quienes se están empezando a coludir con los militares de Quintana Roo. Si usted gana, forzosamente tendrían que negociar las rutas de la península. A usted le conviene porque podría gobernar en paz, dependiendo de cuánta fuerza les diera a mis amigos.

—¿Me está proponiendo contratar a delincuentes para protegerme?

—Yo no lo pondría así —dijo el Poseído—. Es un asunto de estrategia y de política, si lo medita bien. Usted ya conoce a los Hernández. Esos cabrones ya están en todo México. Supongo que sabe cómo operan y lo violentos que son. Además, no sería usted el único gobernador que estaría haciéndolo para protegerse de ellos.

Olalde se quedó callado. Se le había olvidado por un momento el dolor caliente de sus pies ampollados.

—¿Y quién es aquella mujer que quieren sacar del reclusorio de Chiapas?

—Ella sabe su negocio. Conoce bien a algunos oficiales de alto rango de la Guarnición de Subteniente López. En su tiempo fue amante del general de zona, hasta que la encarceló porque sabía demasiado. Si la saca, vaya que ella nos puede ayudar y lo haría con mucho gusto. Usted sabe que una mujer rencorosa es un arma letal. Sobre todo si se le abandona en el tambo. Ella sigue en contacto con un coronel que pertenece a la Guarnición. Nuestra amiga puede averiguar no solo qué clase de operativo preparan contra usted, sino incluso quién de los Hernández está infiltrado en su Marcha.

—¿Infiltrado?

—Aquí hay alguien que les está pasando información de sus movimientos, de cuándo duerme, de cómo se mueve su escolta, y por si fuera poco, puso dedo a un comandante suyo para que lo descuartizaran. El alacrán lo tiene metido en su propio zapato y no se ha dado cuenta.

El Poseído tiró la colilla de su cigarro por una rendija de la ventana. Vázquez se acercó. Olalde lo escuchó:

—Llamó su hermano, sus primos ya van rumbo a Bacalar...

Olalde le hizo una seña a Vázquez para que se alejara; volvió a subir el vidrio.

—Los apoyaré con lo que necesiten. De todas maneras no tengo opción. Haremos un arrastre hasta Buenavista. Mañana llegaremos a Bacalar. Traigan a quienes tengan que traer. Yo hablo con mi tío para que liberen a su amiga. Algo se tiene que hacer para asegurar el progreso de esta gente...

Esa misma tarde, el Poseído y Oso, acompañados de Lince y el Falso Costeño, salieron a buscar a los mandos de Chiapas y a aquella mujer que tanto había intrigado a Olalde. Tejón Aguilar, Pata de Palo y Celeste tuvieron que arreglárselas para mantener, a como diera lugar, la seguridad de la Marcha.

Nació grande. Cuando llegó a la adolescencia en su natal Ciudad Obregón, Sonora, la vida de aquel muchacho gigante cambió porque su padre murió y para ayudar a su madre tuvo que decidir si irse al sur o al norte. Podría haber dirigido sus pasos a San Luis del Río Colorado y de ahí a Yuma, Arizona; pero no, en un mal acto de patriotismo prefirió ir hacia Sinaloa a trabajar por años enteros en los sembradíos de jitomate o uva, aunque lo que terminó aprendiendo ahí fue que la *bachicha* estaba en la pizca de mariguana y amapola, tanto en Mocorito como en Badiraguato, donde conoció a varios *pesados* que lo conectaron directo al jale. Se lo cantaron derecho:

—Olvídate de la pizca, necesitamos quien cuide los cargamentos; para eso te vamos a hacer judicial nacional porque das muy bien el perfil, y una vez ahí dentro, vas a hacer lo que te digamos.

En realidad el traslado de los embarques no era ningún problema: la bronca era el cansancio de custodiar camiones con cambios de choferes cada doce horas a lo largo del Pacífico de un solo chingadazo y para eso necesitaban a alguien con el cinturón bien piteado.

Y ese era León Beltrán Guzmán, a quien todo mundo apodaba *Oso* por su corpulencia. Fue así como aquel hombre se convirtió justo en un oso de la sierra boscosa de Badiraguato y también en un león costero de las bajadas hacia Guasave, Los Mochis y Mazatlán.

León se acostumbró a custodiar trailers completos en el frío de Badiraguato yendo hacia Guamúchil, luego cambiar de chofer bajo el sol de Guasave y aguantar con él la brisa caliente de Los Mochis hasta Navojoa. En seguida recorría con otro chofer su tierra natal, Ciudad Obregón, y de ahí jalaba hasta la costa húmeda de Guaymas, para luego sufrir el calorón brutal del pavimento de Hermosillo. Después tendría que recorrer con un chofer más el desierto hacia Caborca y lanzarse con él a Sonoyta, para llegar juntos hasta San Luis del Río Colorado, que se presume a sí misma como la ciudad más caliente de México.

Y lo hacían así para despistar y porque ningún chofer aguantaba semejantes chingas, sobre todo con la carga pesada. En cambio, él hacía el viaje de mil trescientos kilómetros solo y en la misma patrulla regresaba con el dinero a Caborca para entregarlo en casa de don Miguel Quintana, hermano del Gran Capo, quien poco a poco le tomó simpatía, al grado de que un día lo invitó a comer asado de venado, no en su exótica casa flanqueada de palmeras, árboles de naranja, mango o mandarina y con río artificial en pleno desierto, sino en las calles polvorientas de Caborca donde se hacía *al disco*, en la tapa de un tambo o cuchilla de tractor, junto a un *seis*, como cualquier plebe de Sonora.

Al hermano del Gran Capo le gustaba hacer eso cada dos o tres meses. Escogía las cinco o seis de la tarde cuando ya había muerto el sol carroñero de Sonora. Enfilaba entonces hacia las empacadoras de durazno, melón, sandía, espárragos o cítricos donde trabajaba la gente de Guerrero, Veracruz o Puebla, con tasa de ocho centavos de dólar la caja levantada.

Ya en plena noche se iba a la playa, a unos cinco kilómetros del pueblerío, donde el mar y el desierto se juntan. Ahí, los pescadores le hacían jaiba, mantarraya, cazón o botete. Oso comía en silencio y eso le gustaba al hermano del

Gran Capo. Parecía que aquel hombre de 1.92 metros, parecido a un Luciano Pavarotti con pistola, era muy diferente a sus guaruras sinaloenses que andaban por Caborca llevando banda, pisteando, sacando el fierro y consumiendo todo el tiempo un chingo de mierda.

Fue así que de un día para otro aquel hombrón de Ciudad Obregón se volvió lugarteniente de Caborca. Él mismo fue el enlace con Juan Armando Tavira, el primer reportero de México en entrevistar a grandes capos o sus familiares en sus lugares de origen.

Por las fechas en las que Oso conoció a Tavira, don Miguel tendría unos cincuenta y siete años. Estaba casado con una buchona de treinta y dos años, que parecía ser la que realmente mandaba en la casa, pues ya se sabe que un buen cuerpo tiene más poder que un tanque de guerra.

Justo cuando el jefe de corresponsales de *La Prensa Nacional* publicó la entrevista con don Miguel, el hermano del Gran Capo comenzó a sentirse mal. Hacía varios meses que un gran dolor en la espalda lo atacaba sin ningún motivo aparente y ningún médico de Hermosillo, Los Mochis o Culiacán lo había podido ayudar, hasta que llegó a sus oídos que ahí mismo en Caborca, en el ejido Adolfo Oribe de Alba, había llegado un pasante de galeno proveniente del Distrito Federal que estaba curando bien no solo a todos los de Oribe sino a los de Rodolfo Campodónico y alrededores.

Don Miguel no dudó en ir a visitarlo. Llegó a la clínica del Seguro Social, que casi siempre estaba repleta porque había *cooler*, y todo mundo le cedió el paso. El futuro médico era el único que no sabía quién era don Miguel. El pasante lo mandó a sentar en la sala de espera, en lo que terminaba de revisar a un niño que se había roto la crisma al caer de un árbol.

—Es don Miguel, mamá —dijo el niño, quien se paró de inmediato para cederle el lugar al hermano del Gran Capo.

—Yo me espero, mijo —dijo don Miguel, aguardando su turno junto a los del pueblo, como si fuera cualquiera. León

Beltrán Guzmán, por su parte, no encontró espacio en aquellas sillitas de plástico, dado su tamaño descomunal.

—A ver, pásele —le dijo el aprendiz de galeno con cierta altivez. No se había dado cuenta de que afuera esperaban diez o doce hombres armados, entre policías judiciales y pistoleros sinaloenses con sombrero de palma, camisa estampada, hebilla de plata, anillo de oro y bigote recortado.

Lo revisó. No eran las lumbares, piedras en los riñones, la columna desviada ni enfisema pulmonar, como habían pronosticado los demás doctores. Lo que resultó de aquel dolor en la espalda de don Miguel era puro estrés. Una vil contractura muscular. Y aquel pasante se lo dijo sin ningún miramiento.

—¿Me está diciendo que es una pendejada? —preguntó el hermano del Gran Capo.

—Pues sí… —respondió el futuro doctor.

Oso se tensó. Sabía que esas conversaciones acababan en balazos, pero lo que hizo don Miguel fue otra cosa.

—Usted tiene güevos, doctor —le dijo el hermano del Gran Capo, aventando las llaves de su Cherokee—. Quiero que se quede con mi camioneta unos días.

—No sé manejar —dijo el médico capitalino, rechazando el regalo, imprudentemente.

—Pues póngase pilas doctorcito. Mire, me voy a tomar estas pastillas que me está dando y en tres días vengo a ver si le gustó mi camioneta. Y también si se me quitó el dolor.

Y al tercer día, en efecto, apareció don Miguel en medio de un consultorio vacío porque todos preveían un desastre.

El doctor ya había hablado con varios habitantes del pueblo, que le informaron quién era don Miguel y en la que se había metido.

—Disculpe, don Miguel, no he movido mucho su camioneta porque me da miedo darle un golpe… —dijo el futuro galeno, tratando de zafarse de aquella situación de alguna manera—. Me la llevé a las dunitas pero se jaloneó y me da miedo estropearla.

—Si choca o voltea mi Cherokee, yo le compro una nueva. La verdad es que con sus pastillas ya me siento mejor. Es más, le pude dar a mi vieja hasta por el culo. Solo por eso le voy a regalar mi troca...

El doctor se quedó mudo unos instantes.

—No puedo aceptarla, don Miguel...

Oso tomó las llaves de la camioneta que estaban en el escritorio del pasante y le puso la manaza sobre el hombro.

—Está bien, doctorcito... —dijo don Miguel—. Tampoco lo voy a obligar...

Pasaron varios meses antes de que aquel doctor tuviera noticias de don Miguel, pero no fue por él mismo, sino por León Beltrán Guzmán. El pasante de galeno estaba a punto de cerrar la clínica para ir a cenar con la familia de una plebita que cada dos o tres días le preguntaba si no necesitaba quién le hiciera de comer o planchar, sin saber que la verdadera intención era que ella lo *asistiera*, o sea, que él la hiciera su mujer.

En eso estaba el médico, cuando León Beltrán, alias Oso, entró agachándose al pasar por la puerta.

—Necesito que me ayude, doctor, y en eso me va la vida...

El joven médico tragó gordo, sabía que la visita tenía que ser muy importante para que aquel hombre lo fuera a buscar. O algo le pasaba a don Miguel o alguien se estaba muriendo...

—Dígame en qué le puedo servir...

—No le voy a aventar el salivero, doctor. La mujer del patrón trae pasón... Tiene que ir a verla ahorita...

El doctor sabía de qué se trataba: cada fin de semana pistoleros o drogadictos de Caborca lo iban a ver con la sangre llena de nieve para que los estabilizara, para que les bajara la presión, el vómito, la sudoración, la ansiedad, las ganas de matar a alguien y, sobre todo, la amenaza de infarto por saltarse la regla de que un verdadero traficante nunca debe consumir su propia mierda.

Pero esto era muy diferente. Se trataba de la mujer del patrón. El médico pasante pensó en suministrarle diazepam para bajarle la ansiedad y aplicarle nitroparche para disminuir la frecuencia cardiaca, además del suero obligado para que por vía urinaria excretara la droga, y en caso extremo, entubarla para que pudiera respirar.

—Vámonos a la casa de don Miguel, no hay tiempo que perder —dijo el médico.

León Beltrán sacó su pistola y la puso sobre el escritorio. Tenía una cacha de plata y una placa de nácar que decía: «Ciudad Obregón». El hombrón cerró la puerta del consultorio.

—No está con don Miguel… está en mi casa… —dijo el comandante Oso.

El doctor no entendió.

—Pues vamos a la casa de usted, no hay tiempo que perder, la mujer de su patrón se puede morir…

León Beltrán Guzmán, hombre de todas las confianzas de don Miguel Quintana, aún con placa de comandante de la Policía Judicial Nacional con doble base en Sonora y Sinaloa, así como lugarteniente de Caborca, le dijo:

—Usted no entiende, doctor. Zulema ha consumido mucha coca y está embarazada. Va a tener un hijo mío…

Al otro día llegaron a Bacalar, donde un viejo fuerte militar custodia la Laguna de los Siete Colores que atraviesa todas las tonalidades de verde y azul conforme avanza el día. Cuando se acercaron a esta pequeña y hermosa ciudad que se encuentra a tan solo cuarenta kilómetros de Chetumal, aquella capital del estado donde los iban acribillar, el ambiente cambió aún más. Cerca de diez camiones con alrededor de quinientos indígenas se les unieron de golpe. Los había enviado el hermano de Olalde y de inmediato se instalaron frente a la escuela primaria Cecilio Chi, con machete en mano.

—¡Chíngatelos, Chucho! ¡Nosotros te apoyamos! ¡Te defenderemos hasta con nuestra propia sangre!

Jorge Sánchez Zamudio buscó a Guillermo Toscano para que tomara fotos. También a Pedro Salgado para que grabara video, pero no los veía. De pronto sintió un golpe en la cabeza, leve, nada violento.

—¿Qué pasó, pinche Jorge?, siempre en la luna, cabrón...

Sánchez Zamudio se sorprendió. Era Juan Armando Tavira, quien regresaba de hacer campaña en Cancún en favor de Olalde.

—Nada puedes hacer bien sin mí, pinche Jorge —dijo Tavira, lanzando una carcajada. Era como si hubieran pasado años y no varios días en los que dejó de verlo. Toscano y Salgado no aparecían por ninguna parte y Jorge terminó haciendo las fotos. Hacía *close ups* a la cara de los indígenas. Tavira le arrebató la cámara.

—Pinche Jorge —le soltó—. Así nunca vas a tener una nota decente, dame eso...

Tavira se tiró al piso detrás de uno de los campesinos que blandían su machete. Al fondo se veía la cara de Olalde volteando hacia Tavira, quien disparó cuatro veces. Dos de esas fotos eran de primera plana.

—¿Que frase le pondrías a esta foto? —le preguntó Tavira, poniendo a prueba al hijo del Gran Periodista.

Jorge dijo:

—«Se prepara gran movilización a favor de Jesús Olalde» o «Llegarán miles de indígenas a Chetumal para protestar por fraude electoral».

—No cabe duda de que eres un pendejo —le contestó Tavira—. En balde eres hijo del Gran Periodista de México.

Sánchez Zamudio apretó los dientes.

—¿Qué no estás oyendo lo que le gritan a Chucho?... —dijo Tavira—. Dicen que van a defenderlo con su sangre... ¿Eso no te dice nada? A ver, apunta, cabrón: «Defenderemos con sangre a Chucho Olade, aseguran campesinos de Quintana Roo». Esa es la nota, cabrón. Agrégale que la Marcha por la Dignidad entrará con más de cinco mil personas a Chetumal...

—¿Cinco mil? Pero si apenas son mil quinientos, cuando mucho...

—No le aprendiste nada a tu papá, pinche Jorge. ¿Cómo crees que vamos a juntar a las otras tres mil quinientas? ¡Pues creando entusiasmo, cabrón!

En ese momento Tavira recibió una llamada y se la pasó a Olalde.

La llamada era del líder nacional de la Izquierda Moderna, quien le avisaba al candidato que había enviado seiscientas personas que ya estaban arribando a Cancún. Se los estaba concentrando desde hacía varios días en el Distrito

Federal, Veracruz, Tabasco, Campeche, Guerrero y Oaxaca. Chucho se alegró y aprovechó para preguntarle sobre el supuesto choque contra el Ejército en Chetumal.

—De eso no sé nada —dijo el líder. Pero el presidente del partido rectificó—. Bueno, sí sé, pero solo es rumor, por eso te estoy mandando gente, para que te protejas. Con estos ya juntas unos dos mil, pues, según me dicen, traes más de mil, y si le sumas la gente que simpatice contigo en Chetumal, igual juntas tres mil o tres mil quinientas. Necesitarían al Ejército de Estados Unidos para que te chingaran con tanta gente.

Chucho no supo si tranquilizarse o alarmarse. Era como si algo de la realidad no estuviera funcionando.

—Intentaron asesinarme —comentó Olade, desesperado.

—Hago lo que puedo, Chucho —respondió el líder. Y colgó.

Cuarenta minutos después de esa llamada llegaron otros cinco camiones. No estaban vacíos. Los enviaba Peniche desde Cancún. Chucho recibió una llamada más. Era de uno de sus cuatro primos. Dos de ellos eran hoteleros en las playas de Chiapas. El tercero era hotelero en Yucatán y uno más, líder sindical en Tabasco. Le informaban que llegarían esa misma tarde y que no irían solos, que cada quien llevaba cinco camiones con gente de esas localidades, así como cuatro camiones torton de comida. Más tarde Peniche le habló para decirle que había conseguido siete camiones más con gente del Sindicato de Taxistas de Cancún.

Fue así como cambió el panorama de la Marcha de un momento a otro. Pero Olalde, en lugar de alegrarse, se preocupó más. Si los estaba esperando el Ejército en Chetumal, la masacre iba a ser la más grande de la historia de México.

Al otro día llegó la gente prometida, invadían Bacalar como hormigas. En seguida los primos y Olalde instalaron un campamento para analizar la situación. Tejón Aguilar y Celeste los flanquearon. A los primos les sorprendió ver a aquella mujer militarizada. Olalde les platicó el plan del Poseído de sacar sicarios de las cárceles de Chiapas y analizaron las consecuencias, aunque como ya estaba en marcha, no tenían mucha oportunidad de opinar.

El plan consistía en que, mientras los sicarios contratados se las arreglaban para enfrentarse con el Ejército, los comandantes tendrían lista una camioneta que pudiera dar vuelta en *u* para sacar a Olalde de Chetumal. El trato era que Tejón Aguilar y Celeste repelieran el ataque si se encontraban obstáculos en la huida. En Playa del Carmen, Olalde abordaría una avioneta con destino a Tuxtla Gutiérrez, Chiapas, para pedir la protección política de su tío, el director de las cárceles de ese estado.

Por su parte, Pata de Palo, el Falso Costeño y Lince se encargarían de las edecanes y de Tavira, emprendiendo una huida en la dirección opuesta, es decir, hacia Belice.

Y en cuanto a Sánchez Zamudio, Nicté, Salgado y Toscano, ¿cuál sería su destino? Salgado y Toscano permanecerían en el toldo de la camioneta de prensa tomando fotos y videos de la Marcha. Nicté haría enlaces radiofónicos. La señal para ellos de que el Ejército atacaría era simple: la camioneta de Vázquez daría vuelta en *u*, y claro, se escucharían disparos. Si eso pasaba, el señor Peña, el chofer de Jorge, tendría que acelerar a *full* con el objetivo de pegarse a la camioneta del candidato.

La misma tarde en la que arribaron los primos de Olalde a Bacalar, los cuatro comandantes que habían viajado a Chiapas para liberar a los mandos del CIM ya estaban en Tuxtla Gutiérrez, la capital del estado. Con el permiso del tío de Olalde, liberar a los tres mandos y a la misteriosa mujer en Chiapas fue cosa de niños. Los cuatro comandantes se dividieron el operativo. El Poseído y Lince recogieron en Cintalapa, Chiapas, a tres prostitutas y se dirigieron al penal donde estaban recluidos aquellos mandos. No era la primera vez que las mujeres entraban ahí. Asistían cada dos o tres semanas como bailarinas exóticas. Las rifaban y el recluso que sacaba el feliz boleto ganador tenía derecho a pasarse un buen rato con ellas. Ese era el negocio de estas mujeres. Y les resultaba muy lucrativo porque lo pagaba el propio penal. Esto permitía tanto al director como a los líderes del CIM mantener el control y la paz dentro del reclusorio.

Aquellas tres prostitutas entraron acompañadas de los tres policías de guardia. Claro que en lugar de los policías salieron los tres mandos de sicarios del CIM, quienes debían juntar de camino a Chetumal, por lo menos, a sesenta o setenta sicarios para hacer frente al Ejército en Quintana Roo. Pero eso no era problema para ellos. Ya habían juntado esa cantidad en San Fernando, Tamaulipas, en Torreón, Coahuila, y en Apodaca, Nuevo León, donde lograban unir convoyes de hasta doscientas camionetas para romperse la madre contra los Hernández. En Quintana Roo nunca lo habían hecho porque los Hernández aún estaban en proceso de cooptar a los militares de la región como ya lo habían hecho en otros estados del país, de modo que no sería difícil reunir a aquel pequeño ejército para proteger a Olalde, por la sencilla razón de que todas las bases del CIM en Quintana Roo trabajaban como policías municipales.

¿Y la mujer que se infiltraría en el círculo cercano de los generales de Subteniente López, en Chetumal? ¿A ella cómo la sacaron del penal femenil de Tuxtla Gutiérrez?

Ese operativo resultó mucho más fácil aún.

Oso y el Falso Costeño se dirigieron al penal femenil de Chiapas, en Chiapa de Corzo, por el rumbo que desemboca al Cañón del Sumidero. El Falso Costeño se registró en calidad de visita conyugal. Al verlo, la mujer a la que liberaría se quitó la ropa, fingió hacerle sexo oral y simuló que se dejaba montar por detrás. Parecía que cogían de lo lindo con apenas una cortina de por medio, llamando lo mejor posible la atención, gritando incluso, lo que provocó que la directora del penal —previamente avisada del movimiento— dictara arresto para la reclusa, pues una cosa es una visita conyugal y otra es coger como si se estuviera en un putero y no en una cárcel. El Falso Costeño salió, esperó afuera, recargado en la camioneta, fumando con Oso, hasta que una hora después, vestida con ropas de custodia, salió la mujer. Les pidió un cigarro y disfrutó el humo como si se tratara de un manjar. Otra presa había tomado su lugar en la celda de arresto, con su mismo uniforme y con su mismo número de reclusa.

El Falso Costeño y la mujer no dejaban de mirarse tras aquel encuentro simulado, pero aun así no se dirigieron la palabra más que para afinar el plan que ella debía operar de inmediato llegando a Chetumal. En el centro de Tuxtla ya los esperaban el Poseído, Lince y los tres mandos del CIM, quienes saludaron de abrazo a la mujer. Las camionetas aceleraron a fondo con dirección a Chetumal. Los mandos del CIM hicieron varias llamadas. Esa misma madrugada varios convoyes en Quintana Roo circularon libremente por las carreteras que conectan Campeche, Belice y Cancún con Chetumal, a pesar de que circulaban con armas, placas falsas y vidrios polarizados.

Los mandos del CIM y los comandantes llegaron por la madrugada a la capital de Quintana Roo. La mujer pidió que la dejaran en un departamento donde hasta hacía unos meses se citaba con el coronel infiltrado del CIM en la guarnición militar de Subteniente López, en Chetumal. La mujer sabía bien dónde estaban las llaves, y una vez localizadas, se despidió prometiendo comunicarse horas después.

Entró al departamento. Estaba vacío. Ella y el coronel habían sido amantes, incluso cuando ella se convirtió en la querida oficial del principal general de Subteniente López, quien la mandó a encarcelar, pues «personal de inteligencia militar» tenía «verdaderos» indicios de que pasaba información al CIM.

Apenas terminó de revisar que no hubiera nadie oculto en el departamento, la mujer mandó un mensaje cifrado por celular y unos cuantos minutos después recibió un «OK» que confirmaba que el coronel llegaría en cuanto pudiera. Una hora después recibió otro mensaje: «Nos vemos en el faro». Cuando ya estaba ahí, apareció un vehículo gris sin placas, militar. Se subió, se besaron y recorrieron el bulevar costero hasta un hotel de paso. El coronel no quiso regresar al departamento porque, según él, sería el primer lugar donde los buscarían. Ya en el hotel, el coronel miró por las cortinas y revisó la conexión telefónica, el control remoto, las lámparas y todos los aparatos electrónicos del cuarto. Puso su Colt 9 mm sobre un buró y luego pidió *whisky* y soda a la administración «para celebrar» el reencuentro. El encargado del hotel le pasó en seguida las cosas por una rendija y el militar encendió la televisión para que no fuera escuchada la conversación desde los otros cuartos. La mujer le explicó que el CIM se estaba reorganizando para contrarrestar el ataque a la Marcha del candidato. El coronel, por su parte, le confirmó la emboscada a Olalde y se sorprendió de que el Poseído, a quien conocía también de las Fuerzas Especiales, estuviera a cargo de la estrategia de defensa de Olalde. Al mismo tiempo, informó a la mujer que Tejón Aguilar trabajaba desde hacía tiempo para los generales de la zona, y por ende, con los Hernández, y no solo eso, sino que parecía estar cooptando a la nueva francotiradora, a quien el propio coronel había visto en una carrera de caballos en Tizimín. También le dijo que Tejón Aguilar había sido el asesino del escolta al que apodaban *Choche*. Y que aparte de él, otra mujer de la campaña, una civil de la que no sabía su nombre, trabajaba también para los Hernández y mantenía informado al mando militar.

Un dato más que consiguió la mujer antes de que comenzara a desnudarse y tallar sus tetas en el miembro del coronel, fue que el «jefe financiero» de la campaña de Olalde, Adolfo Peniche, había contactado a uno de los hermanos Hernández para proponerle hundir al candidato a cambio de que le ayudaran a expandir sus negocios de trata de prostitutas extranjeras, renta de autos y restaurantes en la península. Había sido Peniche quien recomendó a Tejón Aguilar desde el principio de la campaña a la gubernatura para que trabajara como escolta y francotirador, y había sido él quien, al ver a Jesús Olalde emprender la Marcha por la Dignidad de Quintana Roo, ofreció a los Hernández bloquear sus recursos económicos, haciéndole creer, junto a Mario Arturo González Gabalda, que el dinero extraído ilícitamente de la alcaldía de Cancún había sido confiscado. El objetivo era que la gente que acompañaba al excandidato en su Marcha dimitiera o, incluso, quisiera matarlo, por hambre, por desesperación o por sentirse traicionada. Salvador Iniestra, por su parte, había financiado la campaña con la intención de infiltrar cada vez más a los Hernández en los lucrativos negocios de Quintana Roo y terminar de dominar a la entidad si Olalde ganaba y no podía consolidarse el fraude.

—A propósito de traiciones… —dijo ella—. Tú tienes mucho que explicarme acerca de por qué seguía ahí metida en la cárcel de Chiapas. Si no fuera por lo de Olalde, yo seguiría esperando a que tú u otros cabrones del CIM metieran el amparo.

—Bueno, ahora supongo que el tío de Olalde será quien te ayude, ¿no?

Ella sonrió. Entendió la indirecta: ahora tendría la opción de acostarse con el director de reclusorios de Chiapas para conseguir su liberación dictada por un juez. No contestó. Le quitó el pantalón al militar y miró con deseo esa verga oscura que comenzó a lamer mientras el coronel encendía un cigarro y se relajaba para disfrutar de aquellos labios. Luego intercambiaron lugares y él hundió su boca en la vulva de la mujer. Su mano no soltaba el cigarro y soplaba el humo en aquel orificio rosa, causando la risa de la exconvicta. Pasaron cerca de cuarenta minutos en los que jadeaban llenos de deseo, hasta que ella recibió una llamada.

—Es la gente de Olalde —dijo la mujer—. Debo regresar

con ellos para informarles de todo esto. ¿Podrías dejarme en el departamento?

El coronel se lavó el pene, las axilas y la cara. Se puso su uniforme militar sin insignias ni ningún tipo de distintivo. Tomó sus llaves y esperó a que la mujer terminara de vestirse. Revisó su pistola y la guardó en su funda, le dio un último trago al vaso donde había mezclado el *whisky* y la soda, y se dirigió a la puerta. El coronel dejó un billete de cien dólares en la recepción.

—¿Nada raro? —preguntó el militar al encargado, quien parecía conocerlo de algún tiempo atrás.

—Nada, mi coronel…

Cuando subieron al automóvil, el militar no se dirigió a su departamento sino a la zona que colinda con Belice.

—¿Qué te pasa? ¿A dónde vamos? —dijo la mujer, espantada.

—Vamos a dar un paseíto. Ya no trabajo para el CIM. Ahora estoy con los Hernández y a ti te cargó la chingada. ¿No se te hizo raro que no te sacara del reclusorio de Chiapas como te había prometido? Pues es que allá estabas bien, pero ahora vienes a sacarme información para que no le rompamos su madre a Jesús Olalde, y pues mira, la que me dio información de cómo están operando eres tú, y además te saqué la cogida. No se te ha quitado la habilidad de mamarla rico, pero ni modo, tú vas a ser la primera víctima en este cagadero que le espera a la gente del candidato.

La llevó con la cabeza baja del lado del copiloto. No hacía falta que sacara la pistola para hacerla obedecer, ella bien sabía de qué era capaz aquel militar. El hombre se metió a un camino de terracería que iba bordeando el Río Hondo y la bajó a golpes en la espalda con el puño cerrado. Tirada en el piso le dio puntapiés en el culo para hacerla llorar. Se sentía un poco cansado pero aun así pudo amarrarle las manos con unos cables de motor y meterle un trapo empapado con aceite en la boca. Ella intentaba gritar, pero cada vez que lo hacía el coronel le ponía la pistola en la cara. Al final le propinó varios puñetazos en el estómago, hasta que sintió que algo se le había reventado por dentro y la mujer cayó desvanecida.

—Te vas a morir, pinche puta sarnosa, pero aquí no.

La metió en la cajuela y cerró. El hombre se recargó en el coche, el *whisky* le había hecho efecto. Se subió de nuevo y manejó con rumbo a los manglares; iba lento y a veces zigzagueaba. La intención era llegar, darle unos tiros a la mujer para rematarla y aventarla donde escuchara coletazos de caimán. Las velocidades se le atascaron y el auto no avanzaba. La máquina arrancaba y luego se paraba. Se sintió demasiado cansado. Intentaba moverse pero no podía.

—Pinche perra mierdera —fue lo único que alcanzó a decir. El carro se quedó ahí encendido, con las luces iluminando los enramados del río. Ya no se movió. El hombre se quedó con la cara pegada al volante. Cuando ella volvió en sí, tosió de manera violenta. La mezcla de diazepam y rivotril que una anestesióloga les vendía a las amantes de todos los cárteles, para matar por encargo o defenderse, había funcionado.

Sin embargo, ¿qué esperanzas tenía de que no la localizaran los militares de Subteniente López? ¿Abrirían la cajuela y le meterían una ráfaga de M-16?

En efecto, sentía algo roto por dentro y que se ahogaba con su propia sangre y por el aceite que escurría del trapo. Intentó respirar, pero después se desmayó. No se enteró de si la camioneta que se estacionó media hora después junto a ella era un convoy del Ejército o la *pick up* de Lince y el Poseído. No lo supo hasta que abrió brevemente los ojos en una tienda de campaña. Cuando lo hizo, supo quiénes la habían rescatado. De haber sido los militares, jamás habría visto, antes de volver a desvanecerse, al tal Jorge Sánchez Zamudio, a quien el coronel también identificó como miembro de los Hernández.

Y así, la mañana en la que se avanzaría sobre Chetumal llegó. Los convoyes de sicarios del CIM habían arribado desde la madrugada, apostándose en el punto conocido como Huay Pix, a quince kilómetros de Chetumal. Eran unas veinte camionetas *pick up* de modelo reciente y cuatro motocicletas. Bajaron de sus vehículos para estirar las piernas y volvieron a meterse para dormir un poco en espera de órdenes de los mandos chiapanecos. Hacia las ocho de la mañana comenzó a llegar gente, no eran sicarios ni acarreados de la Izquierda Moderna, ni indígenas ni campesinos, eran familias completas, mujeres, niños, padres de familia o ancianos que acudían en estado de inocencia, como la que acostumbra tener la mayoría de la población. Venían de Nicolás Bravo, Ucum, Nachicocom, Sergio Buitrón Casas y la propia Chetumal. Los sicarios del CIM se fueron mezclando; usaban gorras, sombreros y lentes de sol; estaban muy tranquilos, como si se prepararan para nadar en la muy cercana Laguna Milagros.

A las nueve la gente de Olalde avanzó recorriendo los diez kilómetros de Xul-Ha hasta Huay Pix, superando la Central Turbogás, así como la desviación hacia Escárcega. Entre los indígenas de Carrillo Puerto, las bases de Olalde y aquellas familias, por lo menos cuatro mil personas, tomaban la enorme curva que lleva a la entrada de Chetumal, donde un gran letrero dice:

BIENVENIDOS A CHETUMAL, CIUDAD DE PAZ, LA ÚLTIMA FRONTERA DEL SUR DE MÉXICO

En general, la situación planteaba varias interrogantes:

1. ¿La gente de Olalde sabía realmente a lo que se enfrentaba?
   No. Aun así, había un gentío.
2. ¿Los sicarios del CIM estaban listos para repeler el ataque?
   Sí.
3. ¿Se encontraron militares y sicarios en las calles aledañas a la Marcha?
   No. El Poseído, a cargo del operativo, envió cinco camionetas y cuatro motos para peinar la entrada de la ciudad. Reporte de las 9.35 h: despejado.
4. ¿Y el Ejército?
   Por ninguna parte.
5. ¿Habían abandonado la operación?
   Se dudaba.
6. Entonces, ¿por qué la avanzada no encontró rastro de vehículos del Ejército si su plan era esperarlos apostados a la entrada de la ciudad?
   Tal vez había un cambio de planes, debido a que los mandos de la Marcha rescataron a la mujer infiltrada.
7. Si esto era así, ¿dónde los estaría esperando el Ejército?
   Seguramente en el Palacio de Gobierno.
8. Con este nuevo cambio de logística, ¿la Marcha de Olalde avanzaría de todas maneras sobre Chetumal?
   Sí.

Y así lo hicieron.

Olalde y sus principales colaboradores sintieron miedo, pero también la seguridad de que era hora de imponerse. En efecto, se iba a confirmar una masacre; tal vez habría bajas civiles, pero el intento valía la pena. El hijo del Gran Periodista iba a bordo de la camioneta de prensa, sentado junto a Nicté, con cara de preocupación. Finalmente le había tomado estima y ella había sido la única que lo había procurado verdaderamente durante las dos campañas. Las camionetas, las motocicletas y los sicarios del CIM, vestidos de civil, iban mezclados con el contingente y resultaba evidente lo que eran. Nicté no calló su comentario:

—Aquellos que platican con el nuevo escolta y con Oso parecen matones.

Jorge tragó gordo.

—Tengo que decirte algo —le comentó Jorge, pues sabía que ella corría gran riesgo. Le confesó que él le reportaba a Salvador Iniestra todo lo que Olalde hacía, ya que el supuesto espaldarazo del vocero de la Secretaría de Seguridad Nacional era en realidad la mejor manera de reventar la campaña, porque Iniestra trabajaba para los Hernández. Y más aún: era uno de sus mandos.

Nicté se le quedó mirando como si le hubieran apuntado con un arma. En ese momento el contingente comenzó a caminar junto al puente de entrada a Chetumal. La joven reportera se bajó de la camioneta. Jorge le había confesado también que el rumor de la emboscada por parte del Ejército era real y que la orden de Tavira era que Toscano y Salgado siguieran tomando fotos y videos desde el techo de la camioneta hasta que oyeran los balazos y que, por eso, esa misma mañana muy temprano él mismo había ido a llenar el tanque a Bacalar, para estar en posibilidades de huir. La imagen de sí misma muriendo bajo las balas, su familia y, sobre todo, del propio Sánchez Zamudio haciéndole el amor la asqueó. La reportera caminó hacia la banqueta del bulevar y se sentó. Jorge la siguió. De pronto, el contingente se detuvo. Oso pidió más tiempo para hacer un segundo reconocimiento calles aún más adentro. Había demasiado bullicio. Las camionetas estaban paradas, incluida la que transportaba a Olalde.

NICTÉ: Tengo ganas de vomitar.

SÁNCHEZ ZAMUDIO (preocupado): ¿Qué te pasa? No te sientes ahí, regrésate a la camioneta, es peligroso. ¿No ves que van a disparar sobre la gente? Todo está arreglado. Van a matar a Olalde.

A Nicté le pasaron rápidas las imágenes de sus acostones con Jorge y se mareó de nuevo. Lo había hecho con alguien que iba a ser responsable de las muchas muertes que sobrevendrían, incluida tal vez la suya. Pensar en que Jorge también sabría quién había mandado descuartizar a Choche la fulminó.

SÁNCHEZ ZAMUDIO: Vamos, levántate.

NICTÉ (con rabia): ¡No me toques! ¡Aléjate! ¡Eres mierda pura!

SÁNCHEZ ZAMUDIO (muy serio): Esto no es un juego, levántate.

NICTÉ: ¿¡Qué más te da si nos matan a todos!? O mejor dicho, *si me matan*, porque tú debes estar muy protegido. ¿O no serás tú mismo quien va a matar a Olalde?

SÁNCHEZ ZAMUDIO (tomándola de la mano): Se supone que solo tenía que informar de todo lo que pasaba, yo nunca pensé que descuartizarían personas.

NICTÉ: Entonces sabías que iban a descuartizar a Choche y seguro sabías también del atentado contra Olalde allá en la carretera…

Jorge no contestó.

SÁNCHEZ ZAMUDIO: Estoy con los Hernández, pero te juro que no sabía nada de su estrategia. Solo sé que no me van a disparar a mí. Si tú no te me despegas, podrás huir conmigo.

La gente se movía. Sánchez Zamudio se inclinó para darle un beso en la boca, como para despedirse si algo salía mal.

NICTÉ: ¡Ni se te ocurra, hijo de puta!

Era inevitable. Entraron al centro de Chetumal con miles de gentes. El dispositivo del Poseído avanzaba como reloj. Algunas células de sicarios vestidos de civil caminaban por las calles y las motocicletas bloqueaban la circulación. El segundo reconocimiento no reportaba presencia de militares ni tampoco de policías municipales. ¿Es que todo había sido un rumor? El Poseído dio la orden de que conforme avanzara el contingente, los sicarios peinaran cuatro o cinco calles adelante y a los lados para detectar a tiempo la presencia de los guachos. Poca gente de Chetumal le dio importancia a las camionetas *pick-up* que llegaban a una esquina y se arrancaban a otra.

Avanzaban porque el Ejército no se veía por ningún lado.

Y no se veía porque continuaban en el cuartel en estado de alerta máxima. Estaban listos desde las seis de la mañana pero no salían porque no había orden expresa del general de brigada.

Fue por eso que los correligionarios de Olalde seguían avanzando entre vítores y consignas de *¡Viva Chucho! ¡No al fraude electoral! ¡Arriba la dignidad de Quintana Roo!*

Una foto tomada por Guillermo Toscano reflejó aquel momento para la inmortalidad. Si salía todo bien, iban a imprimir esa misma tarde cincuenta mil volantes con esa imagen para repartirlos por todo Quintana Roo. Y si las cosas se ponían mejor, imprimirían otros cincuenta mil periódicos tamaño tabloide con el discurso de Olalde en los barandales del Palacio de Gobierno, pues los informes de la avanzada de los sicarios aseguraban que se encontraba vacío…

¿Vacío? Sí, vacío.

Pero esto, ¿no más bien era preocupante?

Tal vez. Sin embargo, lo seguro era que en lugar de ser un campo de guerra, de desmembrados por los impactos de los calibres gruesos del Ejército, como lo había calculado Olalde horas antes, las calles eran un camino de fiesta y sonrisas. Era como si todo el asunto de la emboscada se lo hubieran imaginado. Pero no fue así. Cuando avanzaron sobre la avenida lateral al aeropuerto, ya en las calles cercanas al Palacio de Gobierno, y dejando muy atrás la Penitenciaria del Estado, la Secretaría de Seguridad Estatal, la base de la Policía Federal Nacional, así como el Consejo Electoral Estatal, comenzaron los problemas porque Olalde recibió una llamada. El dispositivo diamante que lo protegía se detuvo con él. La gente, en cambio, los rebasó y se hizo un tumulto pues los campesinos y amas de casa, que chocaban con el candidato, querían abrazarlo. Él, por el contrario, seguía hablando por teléfono, quieto como una estatua. El Falso Costeño, Pata de Palo y Lince corrieron a hacer una valla para protegerlo y Celeste cortó cartucho en la batea de la camioneta de Vázquez donde iba. Oso contenía a la gente cercana.

—¿Qué pasó, candidato? —dijo Tavira, quien también corrió a ayudarlo.

—Secuestraron a tres de mis primos. Dicen que le baje de güevos. Que en este momento van a soltar a los camiones del Ejército para rompernos la madre.

—Pero si estamos ya muy cerca del Palacio de Gobierno… —dijo Tavira.

—Dile a la gente que camine más despacio —ordenó Olalde.

—Voy a destacar a un comando para buscar a los primos del candidato —dijo el Poseído, quien ya se había acercado también.

—No hagas eso —dijo Oso—. Si nos quedamos con diez o quince menos, los guachos van a rompernos la madre. Mejor no muevas a tu gente. El candidato decide, pero de entrada digo que es mala idea. Lo más probable, como sucede en estos casos, es que sus primos ya estén muertos. Si nos quedamos sin elementos aquí, va a morir más gente...

—Jalemos a los que traen machete y pongámoslos delante de usted —propuso Tavira—. Somos más de tres mil personas. Ningún ejército puede con tanta gente, y la verdad, no veo a esos pinches soldados con tantos güevos para rompernos la madre frente al Palacio de Gobierno.

—Si no tuvieran güevos, no habrían secuestrado a mis primos... —contestó el excandidato con seriedad.

Todos se quedaron callados. Oso le pidió al Poseído que Tejón Aguilar se sumara a Celeste en posición de francotirador desde otra camioneta. Iban sobre la Prolongación Álvaro Obregón y pasaron frente al ayuntamiento. Olalde caminaba lo más lento posible, como esperando un milagro, hasta que dio la vuelta en Emiliano Zapata, una calle angosta por la que llegarían al bulevar Bahía para luego desembocar en la Terminal Marítima de Chetumal, con el enorme mar verdoso abriéndose por delante.

—Tejón no está por ningún lado —dijo el Poseído. Uno de los mandos de sicarios reportó haberlo visto platicando unos minutos antes con militares más allá del palacio de Gobierno. Esto lo confirmaba. Tejón era el traidor. Aquella mujer sacada de la cárcel de Chiapas no se lo había podido decir a tiempo, pues de todas maneras había muerto por los golpes y la asfixia del coronel, aunque apenas reconoció a Jorge como uno de los traidores de Olalde. No eran tontos, tanto Oso como el Poseído suponían que Tejón era quien filtraba información a la *sardina* de Subteniente López.

Fue así como las cosas cambiaron radicalmente. Oso delegó el operativo de defensa militar en el Poseído y él se concentró en la seguridad personal del candidato. Los sicarios harían su parte en las calles y entre la gente, obedeciendo a los mandos chiapanecos.

El Poseído tomó una camioneta, ordenando a Celeste que lo acompañara. En seguida se dirigió hacia el faro municipal, a unos mil metros del Palacio de Gobierno, cerca del mar. Estando aún en la camioneta, el exintegrante de las Fuerzas Especiales le mostró una maleta que contenía un Remington 700 y una caja de cartuchos. Celeste sonrió como si se tratara de un regalo de navidad. El Poseído también le mostró un estuche muy grande que contenía un rifle Barret, calibre 50, con una cartuchera de balas más grandes que su mano. En seguida subieron al faro y se acostaron en el piso, entre los barrotes.

—Eres de las pocas personas que puede asestar un tiro desde ochocientos metros. De aquí al Palacio de Gobierno hay casi un kilómetro, así que nos la vamos a jugar. Nadie de los hombres del CIM o los de Oso tiene tu precisión. Ahora te toca hacer tu trabajo. Cuando te indique, dale a los choferes de los *rana*, los vehículos del Ejército, y luego a los guachos que puedas irles dando. Si ellos abren fuego para repelerte, yo dispararé con la antitanques, y a ver de a cómo nos toca.

—Comandante —le dijo—. Me está pidiendo que mate soldados. Yo soy una militar. No puedo hacer eso. Usted fue soldado también. Los guachos no matan guachos. «Perro no come perro» es nuestro lema, ¿recuerda?

El Poseído se puso muy serio.

—También Tejón es soldado y ahora está esperando el momento para rompernos la madre. Ya secuestró a los primos del candidato y ahora seguro nos tiene en su mira desde algún punto que no tenemos idea. ¿No sabías que él está pagado por los Hernández? Tal vez tú también formas parte de ellos. Sé bien que estuviste en aquella carrera de caballos en Tizimín.

El hombrón la levantó de la nuca con sus toscas manos morenas, pues Celeste estaba boca abajo, en el suelo, ajustando el tripié para correr el cerrojo con comodidad.

—Esto es una guerra de todos contra todos. Date cuenta de que en este asunto ya ni el candidato cuenta. Tú y yo, y los demás comandantes, vamos a quedar señalados como enemigos de los Hernández. Si no es aquí, nos van a cazar en cualquier parte. Así que puedes soltar tu arma, bajar por esas escaleras y correr para donde quieras. Yo no te voy a detener ni te voy a disparar por la espalda, pero tienes que definir a qué bando vas a pertenecer.

Celeste lo pensó un momento y no dijo nada. Colocó la bala .338 en el abastecedor y apuntó hacia unas mujeres que estaban sentadas en la puerta del Palacio de Gobierno. Eran mujeres comunes y corrientes, como ella, que estaban esperando a los manifestantes para unirse al mitin.

—De cualquier forma no tengo a dónde ir... —contestó Celeste.

Corrigió la mira. Diez minutos después, Celeste y el Poseído vieron llegar desde el faro a diez o quince camiones del Ejército por el lado norte. Por el lado sur avanzaban lentamente las camionetas de los sicarios al mando de los de Chiapas.

El ruido de la Marcha avanzaba a lo lejos, como cuando uno le va subiendo el volumen poco a poco a una canción que, con su cadencia, le invita a bailar.

Los soldados en la parte norte bajaron corriendo de sus camiones para apostarse en las calles aledañas al Palacio de Gobierno tras los autos, las palmeras, tras el quiosco principal, igual que tejones o comadrejas escurridizas. Se apostaron en la avenida Héroes, en la Carmen Ochoa de Merino y en la 22 de Enero. Dos de ellos subieron al techo del Palacio y se acomodaron en el piso, colocando sus rifles de mira telescópica —al parecer M-14— y apuntando hacia donde Olalde daría su discurso. Uno de esos francotiradores era Tejón Aguilar.

El de Sabancuy dirigía su mira hacia la Bahía, hacia el Monumento a la Bandera, el Monumento al Pescador, a la

Terminal Marítima, y de reojo, incluso, hacia el Monumento al Renacimiento, en el que se pueden ver figuras militares tratando de alcanzar a una madre-sirena. Y de pronto le dio al clavo: en su lente apareció el cañón de Celeste apuntándole desde el faro, y junto a ella, un rifle antitanques, con el que el Poseído podía volar lo que se le viniera en gana.

Tejón sudó frío. Por su mente pasaron los momentos en los que estuvo con el Poseído en Guatemala, cuando los sargentos y coroneles de El Petén les gritaban: «¡Mexicano, yo le juro a usted que hoy se va a morir!». Era un brutal entrenamiento donde se tenían que levantar a las dos o tres de la mañana a hacer rapel y escalar muros, luchando por no caer dormidos. «¡Mexicanos, ustedes no tienen los güevos para salir de este infierno!», les decían en las emboscadas que les tendían en medio de la selva, mientras el Poseído trataba de reanimarlo, traicionando la máxima de aquellos soldados de élite: «¡Si avanzo, sígueme; si me detengo, aprémiame; si retrocedo, mátame!». Y lo hacía porque al menos hasta ese momento eran *cuas*, casi hermanos, los únicos mexicanos de ese batallón tratando de aprender a matar con la mayor eficacia posible. Juntos habían aprendido a distinguir una coralillo falsa de una real para poder comérsela y calmar el hambre. Fue el Poseído quien le enseñó a Tejón Aguilar a calentarse en la madrugada dándose la espalda, atentos a cualquier ruido de comandantes guatemaltecos ocultos, listos para degollarlos, como se hacía en aquel entrenamiento nada ficticio. Fueron tiempos en los que los instruyeron en el descenso de helicóptero, la navegación diurna y la nocturna, la formación de combate, evasión y escape, así como la medicina de urgencia. Tiempos en los que les enseñaron a desarmar explosivos, a emboscar. Aquellos en los que él, Enrique Aguilar de Jesús, comenzaba a trastabillar y no quería soltar su fusil, mientras la cara se le deformaba perdiendo el control. Fue el Poseído justo quien lo serenó y le enseñó que la mente controla al cuerpo, que siempre debía saber dónde estaba, qué estaba haciendo y para qué, a no sentir nada, sino solo respirar. Le enseñó a ser duro como un árbol y suave como una serpiente, sin comida y sin concepto del tiempo.

Tejón vio a Celeste en el faro lista para dispararle, y cuando la miró, sonrió. La Marcha continuaba sobre el bulevar Bahía y solamente era cuestión de cruzar el camellón para llegar al Palacio de Gobierno. Olalde parecía caminar contra su voluntad. Era claro: la gente ignoraba lo que les iba a pasar.

Por radio el Poseído informó a Oso que había francotiradores en el Palacio de Gobierno y que varios soldados se estaban desplegando detrás del inmueble y a los lados. Justo en ese momento, Olalde recibió una llamada. Le confirmaban que tres de sus cuatro primos habían sido ejecutados y que su hermano había sido acribillado también en los portales de Carrillo Puerto, a donde había regresado para organizar a los policías municipales y sumarlos a la seguridad de Jesús.

Si seguía avanzando el contingente, abrirían fuego en pleno Palacio de Gobierno.

La llamada telefónica se la había pasado el propio Jorge Sánchez Zamudio, quien le dijo claramente al oído:

—Ya no la haga de pedo, candidato; ordene a todos sus hombres que paren la Marcha o en este momento lo van a matar aquí mismo.

Oso, quien estaba muy cerca de Olalde, escuchó perfectamente lo que había dicho el reportero. Puso su Glock con alcance de cincuenta metros en los riñones del hijo del Gran Periodista.

—El que se va a morir aquí eres tú, pinche perro.

El candidato no podía creer que Jorge le hubiera dicho semejantes palabras, pero con su mano retiró el cañón que empuñaba Oso.

—No le hagas nada. Ya entendí.

Oso hizo una mueca de incomprensión y tragó saliva. Olalde abrió la boca, se llevó el megáfono a los labios y sin dudarlo un solo momento, gritó hacia la multitud con todas sus fuerzas:

—¡Compañeros, síganme, nuestro mitin será aquí en el Monumento a la Bandera! Aquí, donde se erigen los nombres de los héroes nacionales. ¡Síganme! ¡Ya no lleguemos al Palacio de Gobierno! ¡Este lugar será nuestro símbolo! ¡Emblema de que nuestra resistencia es y será siempre tranquila!

Inevitablemente así aconteció. El enorme mitin se llevó a cabo en el Monumento a la Bandera, un obelisco en el que se rinde honor a un soldado que porta una escopeta, flanqueado por un obrero que ondea una bandera y una mujer desnuda del torso, también portando un rifle. Olalde se mantuvo ahí, donde están los nombres de los más importantes héroes de México honrando a la guerra, y nunca se acercó ni remotamente al Palacio de Gobierno. Los principales líderes de la Marcha estaban en las miras telescópicas, pero nadie disparó.

Jorge estaba aún encañonado con la Glock de Oso, cuando volvió a sonar el teléfono.

—Suelta al reportero y dile a tu pinche jefe de guaruras obeso que retire a los dos tiradores que tienes en el faro.

Era una voz militar. Olalde vio a Oso con los ojos temblorosos. De no haber sido porque estaba rodeado de tanta gente, se habría echado ahí a llorar solo, como un niño, sobre el pavimento.

La gente le pedía ir al Palacio de Gobierno como lo había prometido. Pero no lo hizo, se apostó todavía más en el Monumento a la Bandera y comenzó una arenga ardorosa, reclamó justicia para el voto, aludió a la democracia, llamó *rateros*, *asesinos* y *sicópatas* al gobernador, a los representantes de los poderes federales en Quintana Roo, y *corruptos* a la

Policía y al Ejército. Dijo que ser ciudadano implica más que votar, que «la paz se defiende con valor e inteligencia». Cuidó de no mencionar *sangre* ni *hasta las últimas consecuencias*, como la nota que había hecho Tavira con aquella imagen del indígena blandiendo su machete.

—¡Venimos a rajarnos la madre! —dijo alguien, rompiendo con la perorata del excandidato.

—¡Tomaremos el Palacio de Gobierno! ¡Estamos hartos!

Olalde pensó en sus hijas y en su esposa en Miami, a quienes también podrían matar en cualquier momento, a pesar de que sabía que Rutherford Solís las estaba cuidando. Las imágenes de sus primos y su hermano acribillados por los Hernández se le hacían un remolino en la cabeza. Aun así, promulgó el mejor discurso que pudo sobre la democracia y la tolerancia.

Los comandantes no podían creerlo. Los tres mandos del CIM solicitaban permiso para disparar a las decenas de soldados que se encontraban ocultos entre los carros, las palmeras y los árboles, desde donde les hacían señas con el dedo para provocarlos.

Oso volteaba a ver al excandidato solicitando su autorización para que el Poseído y Celeste dispararan desde el faro, para que todo se acabara de buena vez, para descargar la frustración, para hacer justicia, para estar en igualdad de circunstancias, para no sentirse profundamente humillados.

Celeste y Tejón Aguilar, en cambio, no dejaban de apuntarse, tal vez para borrar la escena de Rojo, aquel caballo que, de haber ganado, habría reventado de tanta coca. Los ojos de ambos tiradores eran pistolas con el seguro puesto. El Poseído estaba desconcertado. Había visto a Oso apuntando a Jorge, lo que significaba solamente una cosa: que el reportero también era un traidor.

—Estamos rodeados de ojetes —le dijo a Celeste.

El Poseído recibió unos segundos después, por radio, la orden de Oso para que él y Celeste abandonaran su posición.

Olalde también se alejó. La gente, desilusionada, regresó a sus casas, a los camiones, a las camionetas, y fue vaciando la explanada del Monumento a la Bandera. Los tres mandos y sus sicarios desaparecieron, se habían mostrado demasiado y la cacería de brujas comenzaría de inmediato, como sucedería esa misma noche en los retenes militares de todo Quintana Roo, con un saldo de veintiún sicarios del CIM muertos. Seis de ellos descuartizados y tirados en el poblado de Juan Sarabia, frente al Instituto Tecnológico de la Zona Maya, donde a unos cuantos metros hay un enorme campo de tiro en el que cualquiera puede entrenar.

El último que se retiró de la zona fue Tejón Aguilar. Seguía como pegado al techo del Palacio de Gobierno. Continuaba apuntando hacia el faro, recordando los tiempos de las Fuerzas Especiales, donde se había hecho amigo del Poseído. Se había alistado en el Ejército para vengar la muerte de su padre y ahora le había apuntado al único *cuas* que no lo dejó morir en la selva guatemalteca.

Se reía porque sabía que Celeste lo había perdonado porque, de querer darle, la mejor tiradora de México no habría fallado.

Lo había perdonado.

Parecía terrible…

Pero no dijo nada, porque también sabía que en México nadie escoge su destino.

Eran orgías las que protagonizaron las tres edecanes y el excandidato semanas después de haber renunciado a tomar el
Palacio de Gobierno en Chetumal, tras ser obligado a aceptar
públicamente su derrota y avalar las actas electorales presen-
tadas por el Partido Nacional. Su Marcha había quedado en
un ridículo histórico no solo en Quintana Roo sino en todo el
país. La Secretaría de Seguridad Nacional había confirmado
que, en efecto, los escoltas del aspirante del Partido de la Izquierda Moderna a la gubernatura de Quintana Roo pertenecían a la delincuencia organizada y mostraron sus expedientes
y sus fotos, relacionándolos con diversos grupos criminales.
La dependencia adjudicó el asesinato del policía judicial jua-
rense Sebastián Fuentes Cielo al coordinador de escoltas de la
campaña, el comandante Oso, quien poco después apareció
acribillado cuando intentaba huir a Belice. Este hecho se lo
adjudicó el Cártel de Sinaloa como parte de un ajuste de cuentas por órdenes de un *pesado* de la organización en Sonora.

Olalde hizo todo lo que le ordenaron con tal de no ser en-
carcelado. La gente del Partido Nacional lo tildó de desqui-
ciado, pseudorredentor y fanático religioso. Mostraban una
y otra vez un video de su discurso pronunciado en la iglesia
de Carrillo Puerto donde, desde el púlpito, había instado a
los indígenas a tomar el Palacio de Gobierno de Quintana
Roo y hacer la revolución.

Aun con estas acusaciones, a Olalde le concedieron la libertad bajo arraigo. Vivía vigilado en una casa de seguridad de la Policía Estatal por gente del Ejército. Los primeros días, tanto Esmeralda como Renata lo visitaron, pero en cuanto empezaron a ser amenazadas por personas desconocidas, no dudaron en salir de Quintana Roo. Fue Alejandra quien nunca dejó de ir a verlo. Le llevaba comida, alcohol de contrabando, y hacían el amor todo el tiempo. Chucho la penetraba y deseaba pasar días enteros así, cogiendo, sin dormir.

Uno de aquellos días en los que Olalde se quedó dormido sobre ella, Alejandra lo empujó lo suficiente como para que aquellos ronquidos se estrellaran en el piso. No estaba muerto pero poco le faltaba. Alejandra le había suministrado una pequeñísima dosis de diazepam y rivotril, en un vaso de ron con soda del que solo él tomó, en una mezcla mucho menor que la empleada por aquella mujer sacada del penal de Chiapas para eliminar al coronel.

Los Hernández le estaban aplicando al Cártel Independiente de México una sopa de su propio chocolate.

Alejandra se acercó a Olalde para corroborar que se había quedado dormido, fue hacia la puerta y le hizo una señal a un soldado que caminaba cerca, quien le proporcionó una pistola escuadra, Colt calibre 45 ACP, automática. El militar también le dio unos guantes de látex. Ella se los puso. Tomó la pistola y cerró la puerta. El excandidato abrió los ojos como en una ensoñación. Alejandra puso rápido el arma en la mano derecha de Chucho y disparó colocando el dedo del excandidato dentro del arillo con la cacha hacia arriba, como quien se vuela la tapa de los sesos tirado en el piso. La cabeza de Olalde rebotó, arrojando líquidos y astillas por todas partes.

Alejandra se había puesto una bolsa de plástico sobre el brazo para evitar que la pólvora cayera sobre ella. Lo había hecho muchas veces y dominaba el acto a la perfección.

—Puto de mierda —dijo Alejandra.

Chorros rojos corrían por el piso.

—Qué asco —remató.

La edecán fue a la puerta y le entregó al soldado los guantes de látex y la bolsa, con la que se había cubierto el brazo, envueltos en una toalla.

Cerró la puerta, guardó un *dildo* metálico que estaba tirado en el piso, puso los pedacitos de las pastillas de diazepam y rivotril que le restaban en la camisa de Olalde, se pintó los labios con un bilé, cuidando de dejarlos marcados en el vaso del candidato, mientras le daba un buen trago a lo que quedaba del líquido, y poco a poco, como saben todas las mujeres que matan de manera silenciosa, se quedó tranquilamente dormida para simular que ella no había tenido nada que ver con el suicidio del excandidato a la gubernatura de Quintana Roo.

Alejandra era el plan B de los Hernández.

Ella tenía que actuar si no se abría fuego en el Palacio de Gobierno.

Le habían encargado tener paciencia y actuar con discreción para que, en caso de que se necesitara, se pudiera contar con aquello de que las mujeres matan mejor.

—Pues órale, mi rey. Aquí terminó mi misión. Te vamos a soltar. Son las tres de la tarde. Te vas a ir por un senderito que te vamos a decir. Si no bajas el ritmo, en una o dos horas encontrarás un camino de terracería que baja a un pueblo. Ahí tendrás que buscar un teléfono para que gente de tu periódico te vaya a recoger. Tal vez se tarden unas ocho o nueve horas en llegar, pero no tendrán problema. Ya sabes lo que tienes que hacer en tu calidad de director de *El Excelencia*: sacar a la luz las chingaderas de tu «subordinado» Jorge Sánchez Zamudio y decir cómo trabajan los Hernández. Y sobre todo, que con nosotros no se juega, ¿entendiste? No se te olvide mencionar lo de las elecciones de Quintana Roo y cómo los militares del sur entraron en guerra con nosotros. Quedamos en algo: de la misma manera en la que Sánchez Zamudio e Iniestra trabajan para los Hernández, ahora tú vas a trabajar para nosotros, informando a la gente de lo que queremos. Si lo haces bien, nadie te va a molestar. Si lo haces mal, tal vez sea yo misma quien te meta un balazo en tu cabecita, o Dios no lo quiera, algo peor. Una vez que publiques lo que tienes que publicar le vamos a dar piso a Tejón Aguilar, a Iniestra, a Peniche, y a todos los que haga falta para cobrarnos los muchos muertitos que nos hicieron allá en la península. Por supuesto, el primero de la lista será Jorge Sánchez Zamudio. El mando ya está listo para eso, pero primero era lo tuyo. Me preguntaste sobre mi infancia, sobre mi origen. Espera a que pase el tiempo suficiente. Te diré una cosa que le oí a alguien un día: «Dices que los libros duran más; escribe esas letras… para que, cuando yo falte, quede guardado». Lo más seguro es que me maten. Soy mujer y en cualquier momento me violan, me torturan o me descuartizan, por muy francotiradora que sea. Estoy consciente de ello. Entonces hagamos algo: si lo hacen, si me matan, si te enteras de que me tiran por ahí, publica esto. Pero mientras esté viva, no. Te lo digo claro. Esto no va a durar mucho, los gobiernos pactan, a la gente se le olvida. Nosotros mismos, los que estamos en esto, no sabemos si vamos a seguir vivos mañana. Ustedes sí, nosotros no. En fin, papacito, te vamos a soltar, ya sabes lo que tienes que hacer. Tenemos un trato.

No lo olvides, porque yo no lo olvidaré.

ANEXOS

ENRIQUE AGUILAR DE JESÚS, ALIAS TEJÓN AGUILAR

En realidad, la tumba del padre de Enrique no dice «Tejón» y el verdadero Tejón Aguilar no participó nunca en la campaña de Chucho Olalde en Quintana Roo, porque nunca estuvo ahí. Asimismo, en Sabancuy no se levanta camarón por toneladas. La figura del verdadero Tejón Aguilar, a quien en Sabancuy las mujeres más viejas lo recuerdan de joven como un gran estudiante, muy educado y de una mirada afable e inteligente, fue mezclada por el autor con la de un excomandante de Cancún que sí participó en la Marcha por la Dignidad de Quintana Roo. La historia de Tejón Aguilar en Sabancuy está inspirada en un personaje cuyo padre era un respetado pescador de mirada firme y elegante andar, que según recuerdan los pobladores, solía caminar por el malecón del estero con sombrero, bigote recortado y guayabera. En realidad, en la fiesta de Sabancuy no se venera a la Virgen del Estero sino a la Virgen del Carmen, a la que los pescadores pasean en las primeras semanas de mayo con veladoras encendidas por toda la laguna. Quienes conocieron al verdadero Tejón Aguilar saben que él acostumbraba jugar futbol cerca de la escuela preparatoria Manuel J. García Pinto, junto con su hermano, y fue casi siendo niños que se enrolaron en las filas del Ejército en donde ambos destacaron inmediatamente, uno como francotirador y el otro como médico militar. La historia verdadera señala que la casa de la madre de Tejón

Aguilar sigue siendo la misma casa humilde de un piso, flanqueada por otras dos en las que posiblemente viven familiares. No hay ostentación alguna en aquella construcción y pareciera que las actividades ilícitas del verdadero personaje en el que se inspira el capítulo «Tejón Aguilar nació en Sabancuy...», no arrojaron los recursos necesarios para romper con la inercia de los habitantes de Sabancuy, que fuera de la pesca se ven sometidos a la falta de visión de los caciques locales a pesar de la belleza natural del lugar. O eso se hace pensar al visitante. Cuando uno analiza el destino del verdadero Enrique Aguilar, a quien las mujeres del pueblo le llamaban cariñosamente *Chucho*, uno se pregunta si no es el Ejército el que descompone las conciencias y es la sociedad la que pervierte a sus mejores ciudadanos. Lo único que es real de los datos vertidos en esta historia ficticia del falso Tejón Aguilar es que la pared trasera de su casa en realidad sí colinda con el pequeño panteón municipal, lo que crea una macabra metáfora del cementerio que se volvió México justamente de la mano de exmilitares que se coludieron con el narco y que dedicaron sus mejores habilidades a eliminar a otras bandas en medio de una absurda guerra impulsada desde la Presidencia de la República. La realidad es que en aquel panteón municipal de Sabancuy puede verse un precioso barco de madera pintado de blanco y azul, con redes construidas a escala, sobre la tumba del padre del verdadero Tejón Aguilar, y en la que se puede leer: «Apolo XII», con una pequeña placa que dice en efecto: «Fue un esposo y padre ejemplar. Papá sabe bien que ahora está en la morada de Dios. Adiós, padre querido. Recuerdo de esposa, hijos y nietos». Se sabe que el verdadero Tejón Aguilar no pudo asistir al funeral. No dudamos, de ninguna manera, que habría deseado estar ahí, manifestándole el mismo respeto que los más viejos moradores de Sabancuy aún le profesan a su padre.

LA MARCHA POR LA DIGNIDAD DE QUINTANA ROO

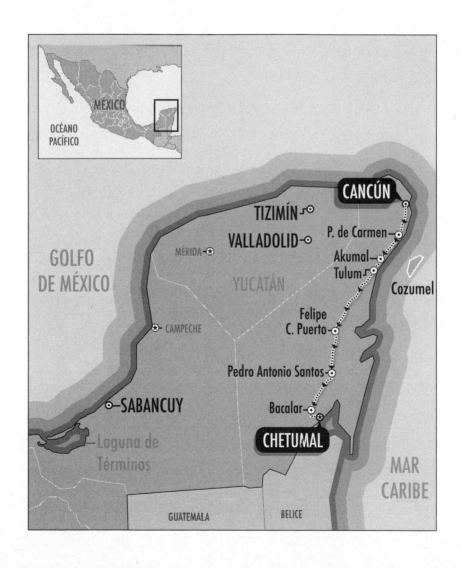

ÍNDICE